刘耀辉 著

秋月高高照长城

青岛出版集团 | 青岛出版社

目录

　　野气袅袅风细细。一只白鹳悠然飞过林梢，看到了极为动人的一幕：一位着长袍的先生半蹲着，用一根树枝在地上一笔一画地写着字，三十多个小学生团团地围着，都弯着腰伸着脖子，专注地盯着他们的先生接连不断地写出的中国字。

　　老马拉着马车走出了镇子口，沿着河岸边的堤坝朝县城赶去。正值隆冬，一眼望出去，呼兰河上下都已被冻住了，水浅处全冻成了冰坨子，泛着白灿灿的光，水深处却还是一派黑沉沉——那冰层之下的黑水还在有力地向前涌动着。

　　啸河看了看唤河，心说：嚯，好家伙，这小老弟戴上水手帽还真是立马不一样了，很有点儿广告社刷牌子工的架势了。唤河也觉得这帽子又帅气又舒服，两手捏着帽檐儿在那儿正来正去的，不舍得放下了。

　　啸河知道不能坏了人家的规矩，就弯下腰把小乞丐背在背上，跟着唤河去了那热食摊子。

　　一碗羊杂汤下肚后，小乞丐的脸上眼里就都有了神采。

　　雪后的空气带着一股寒气，清冽极了。啸河这样一想，
觉得浑身都清爽起来了，就轻声逗起了唤河："唤河，你
看看这月亮，能不能想起国语课本上的一句诗？"

　　"这月亮好高啊……我想起来了！秋月高高照长城，
罗先生教过的。"

谨以本书

纪念中国人民抗日战争

暨世界反法西斯战争胜利 80 周年

第一章

秋，**秋**，广寒秋的秋

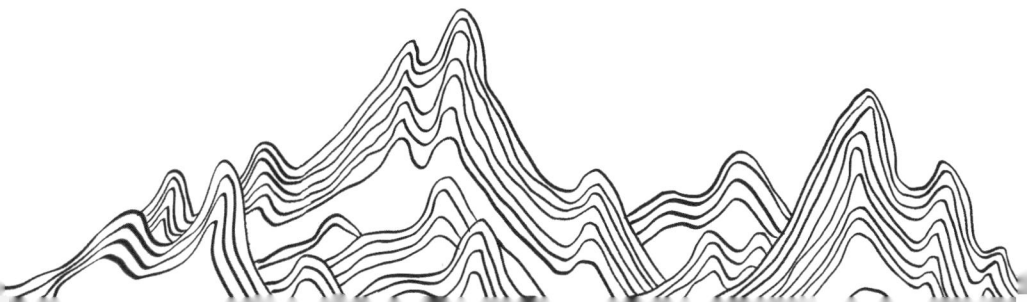

1

热辣辣的大太阳下，苍黑色的大河泛着金光。

这地方的人仿佛从来都不怕骄阳暴晒，偏要赶在大中午头的下河洗澡。当然，在凡事都有讲究的呼兰河畔，这也自有它的道理：老辈子传说，河神一天当中就数午间脾气最好，不会突然发怒要人的命，有时候一高兴还会给来洗澡的人送几条大鱼。

"我这辈子就没见过那么嚣张的眉毛！太带劲了，河神老爷也比不了！"卢三顺懒洋洋地泡在大河里，仰起脖子说了这么一句。

他这是对他最好的朋友沈唤河说的。沈唤河外号"老歪"，听名字显然不是个善茬。卢三顺的外号更绝，叫"大娄子"，一听就知道是个惹不起的主儿——谁要是惹了他，那就等于捅了大娄子了，非得吃不了兜着走。

别看这俩活宝的外号一个"老"、一个"大"，其实都还是半大小子。那个"大"的才十二岁，"老"的就更小了，今年刚满九岁。

他俩刚才嘀咕"嚣张的眉毛"啥的，是在说他们的老师罗先生。

罗先生四十岁出头，肚子里的墨水多得很，在这呼兰河畔十里八乡那是相当有名。平时除了教书，他没事就爱坐在家中的大酒缸旁边，时不时地整上两盅。酒入愁肠，化没化作相思泪不知道，倒是拱出了一个红红大大的酒糟鼻，高居于他那苦瓜脸的正中，为他平添了几分威仪。这些年他酒没白喝，墨水也没白瞎，显到脸巴子上，就给刷出了两道比墨还要黑的浓眉，短短的，宽宽的，硬硬的，密密的，简直就像在额头上贴了两个鞋刷头儿。

这会儿，罗先生正舒舒服服地泡在大河里。今天运气不错，头先他沿着河埝儿扎了几个猛子，摸上来一只黄乎乎的老鳖，掂着足有斤把沉——这下子，晚上的下酒菜就有了。

"我正在城楼观山景，耳听得城外乱纷纷。旌旗招展空翻影，却原来是司马发来的兵。"罗先生一高兴，就在这大河里放开嗓门唱起了《空城计》。他的酒糟鼻被太阳晒得越发红了，眉毛也被河水衬得越发黑了，两只眼睛得意地眯缝着，仿佛在盯着远处的白桦林，又仿佛根本就啥都没看。

突然，一团黑影呼啸而来！罗先生感到眼前黑了一黑，同时闻到一股腥气，他心知不妙，连忙抬手就挡。亏得他反应够快，不然那一团黑影就该结结实实地击中他的酒糟鼻了。

"啥玩意儿？"罗先生惊呼一声，只觉入手是个活物，还滑腻腻、凉兮兮的，定睛一看，原来是只癞蛤蟆！

罗先生呸了一口，把癞蛤蟆远远地扔了出去："哪个兔崽子？有种你给我出来！找削是不？出来，看我不削你脑袋！"

由于高度近视，他一直都没有看清不远处那几个孩子是谁。

"哧哧哧……"回应他的是一片笑声。

"太不像话了！"他站起身来，气势汹汹地作势向孩子们冲去。孩子们怕了，发一声喊，争先恐后地跑上河岸，散了。

跑得最快的，就是朝罗先生扔癞蛤蟆的卢三顺。

"我说大娄子，你有本事捅娄子，就别这么蹽杆子啊！"沈唤河跟在卢三顺屁股后头，跑得上气不接下气。

"老歪你懂个屁！这时候不跑，等会儿就完犊子啦！再说了，这怎么能叫蹽杆子？我是那种逃跑的人吗？好汉做事好汉当，你甭给我打岔！这不是刚想起来吗，今儿是初一，我妈让我去趟河神庙，给河神老爷磕个头去。"

"得，就你这样的，算哪门子好汉？到庙里去是吧，等等我，我妈也让我去！"

"那走呗！"卢三顺放慢了脚步。

"走！哎，对了，咱以后就叫罗先生河神吧？瞅他那眉毛，真是河神老爷也比不了。"

"是吧，罗河神，行啊！我就说嘛，我就从来都没见过那么嚣张的眉毛！"

"眉毛是够嚣张，可惜人有点儿完犊子，一个癞蛤蟆就把魂都给吓掉了。"

"哈哈哈……"俩活宝同时发出了一阵大笑，引得天边的乱云滚滚而过。

与此同时，远在大河里泡着的罗先生没来由地打了个寒噤。

2

　　这是 1933 年的夏天，大东北已被小日本占领一年多了。

　　朝阳堡的街巷里，家家户户门前都晒着尖辣椒，一方一方的，红得热烈。可是除了偶尔传来的一两声蝉鸣，这里就再没有别的动静了，听不到孩子哭、大人叫，也听不到鸡鸣狗吠，冷清得不像个有人住的地方。

　　自从日本兵开进来，一夜之间，人们就都变得噤若寒蝉了。寒蝉是什么？寒蝉凄切，对长亭晚。关外大东北的冻土层太厚太硬了，很少有蝉能活下来。虽然炎夏时节这里有时也能听到蝉鸣，但那叫声远没有关里那样嘹亮，听来就像是边叫边打着寒噤似的。

　　艳阳高挂，罗先生想不通自己为啥也会打寒噤。他捧起河水擦了把脸，猛然间觉得自己可不就是一只可怜的寒蝉嘛——还不止可怜，简直就是可恨！

　　国家危亡，兵荒马乱。呼兰县立高级小学一共十一位教师，已有四位跑到老林子里打日本子去了。壮志饥餐胡房肉，笑谈渴饮匈奴血，多痛快！最早去的大酒包老关哥，在山林里都过了两个冬天了，差点儿冻死不说，还天天都饿得半死，你说难不难？太难了！

"可不难又怎么证明咱东北男人是铁打的纯爷们呢？誓死不当亡国奴，誓死不当亡国奴，不能光喊喊就拉倒了，得行动，得拿起刀枪来跟日本子干！"这是大酒包老关哥说的，罗先生打心眼儿里觉得他说得好。

这会子罗先生正四仰八叉地躺在大河里，享受着河水浴和日光浴，舒服极了。可就是这舒服劲儿，让他心里特别不是滋味。国难当头，你罗继良咋能这么舒服呢？你也该去老林子里当义勇军，吃雪卧冰，驰骋沙场，拼上老命把那帮浑蛋赶出去！大不了就来个马革裹尸吧，这才对得起生你养你的呼兰河！这么想着，罗先生心里激动起来了，又禁不住打了个寒噤。

虽然不知道是哪个兔崽子冲他扔了个癞蛤蟆，罗先生倒没有真恼，因为他知道，那是自己的学生在跟自己闹着玩儿。这朝阳堡镇上三十来个半大小子，哪个不是他的学生？他之所以没去当义勇军，也有很大一部分原因是放不下他们。可这些学生会怎么看他这个老师呢？罗先生心里没底。日本人不让他用原来的中国课本，每天上课就是教大家学日本话。这当亡国奴的滋味太难受了！一开始，他还会拿"孩子们学了日本话将来能有用"来安慰自己——你想啊，将来这帮人到了战场上跟日本兵拼刺刀，狂喊乱吼上几句"八格牙路""米西米西"，那还不得把对方给整迷糊了？他们一迷糊，咱这刺刀不就见红了！这是罗先生头先做梦都在想的事儿。可他后来就不这么想了，这一年多，孩子们日本话学会了不少，可同时也把中国字给忘得差不多了。身为中国人，不会写中国字，这怎么行？那不都成了可怜又可恨的寒蝉了吗？

"不对，可不能再这么下去了！"罗先生自言自语道，转而又想，学生们不错，要不为啥朝我扔癞蛤蟆？那是砢碜我这个当老师的呢，嫌我整天教他们日本话，恨我没能做个堂堂正正的中国人。

罗先生这么想着，慢腾腾地上了岸，戴上眼镜，穿上衣服，提溜起那只倒霉的老鳖，低着头往家走。他以前没这毛病，走路、上课都是抬头挺胸的——做先生的，就得有个先生的样子不是？可自打日本子打进来，他就蔫了，长衫也不穿了，胡须也不刮了，腰弯了，背弓了，原本饱满的额头也塌陷了，脸上仿佛就只剩下两道浓眉和一个大酒糟鼻子。

进了镇上，罗先生一眼就看到了胡大肚子。"真败兴，烦什么就来什么！"罗先生嘟囔了一句，趁着离得还远，一闪身拐进了旁边的小巷。

胡大肚子前不久当上了"镇长"，每天都会带着几个狗腿子在街上晃荡。

罗先生回到家把门一关，扑腾一下把老鳖扔到了锅里："他胡大肚子算哪门子镇长？狗屁！他连你这个王八都不如！王八也不能不认祖宗！"

不怪罗先生生气，这胡大肚子确实辱没先人——为了当上"镇长"，他连名带姓都改了，弄了个日本名，叫什么尻子玉一郎。这还不算，听说他还在日本主子面前拍胸脯立了保证，等暑假过完，就要让当地小学的学生全都把名字改成日本名。

罗先生让老婆去生火，自己恶狠狠地切着葱花，心里恨不得把这个没廉耻的尻子玉一郎也给切碎："你自己愿意认贼作父，没人拦着，但要让这镇上的孩子们都改日本名，也太狼心狗肺了！哼，逼急了我就带他们找老关哥当胡子去，先把你这个狗汉奸宰了再说！"

3

生而为人，都会有个名字。有句俗话，叫"人要脸，树要皮"。这名字就是人的脸面。像胡大肚子那样不要脸面的孬种，十里八乡也找不出几个来。

朝阳堡的人都知道，罗先生是最讲究起名的。沈唤河的名字，就是罗先生给起的。他这名字很有来头，可不像卢三顺那样，只是排行加上乳名那么简单。

卢三顺非常羡慕这一点，有一次专门问过沈唤河。

沈唤河嘚瑟吧啦地告诉他："我爸活着的时候说过，起名是大事。所以在我满月那天，他让我妈拿十个鸡蛋去了罗河神家，请他给起的。"

"哟，你们山东子可够大方的！十个鸡蛋呢，啧啧啧。"卢三顺一脸讥讽的样儿，心里却在恨自己的爸妈，埋怨他们当年在自己满月时怎么不也凑十个鸡蛋去找罗先生起名儿。

"你这说的，我们山东子大方还有错了？人家河神也老大方了，只收了三个鸡蛋，另七个都给我妈退回来了。"

"嚯，你别说，这河神老罗挺讲义气啊！"卢三顺比沈唤河大三岁，个子虽没高很多，但看上去更皮实，说起话来自带一种大哥范儿。

"可不是嘛，他说当年给我哥起名时确实挺费劲，但我哥的名儿起好了，再给我起就是顺手的事儿了。"

　　"你哥？他这走了几年了？你不说我都忘了你还有个哥了，他大名叫啥？"卢三顺嘴里问着，眼睛却已被一辆迎面而来的双轮马车吸引过去了。他冲着那匹蔫头耷脑的老马打了个响指，吆喝了一声："嘿，快跑！"

　　沈唤河目送着马车走远，幽幽地说："我哥啊，那可有出息了！人家去哈尔滨干大事去了，这都三年没回家了。对了，我哥叫沈啸河，好听吧？"

　　"沈啸河，啸河，好听，好听！哪个啸啊？"

　　"呼啸的啸，左边一个口，右边一个鲁肃的肃。我妈说，我哥生下来，找算命先生给看过，说是命里有水灾，得拜呼兰河当干爹才能化解。我妈把这事跟人家河神说了，河神说既然是呼兰河的干儿子，名字就也叫个河好了，中间再找个常跟呼字连用的字，就用啸字吧。"沈唤河这小子很有意思，要论耍心眼子，他自认第二这朝阳堡镇上没人敢称第一，但他有时候说起话来又斯斯文文的，跟个小先生似的，叫人完全忘了他其实是个老歪。

　　"哦，听明白了，敢情你哥是呼啸的啸，你是呼唤的唤呗？讲究啊讲究！"卢三顺装模作样地点点头，却突然口风一变转了向，"你说你起了个那么好听的名儿，咋就被叫成老歪了呢？！你老歪还不如我大娄子呢！"

　　沈唤河生得皮白肉嫩，一双大眼睛忽闪忽闪的，还

带着长长的睫毛，小模样儿很乖巧，人前常常是一副人
畜无害的样子。但玩伴们都知道，一伙人当中就数他的
歪点子多，所以才给他起了这么个外号。

"说说，老歪咋就不如大娄子了？"沈唤河转了转
眼珠子，跟着慢吞吞地说了一句，"听说河神今儿早上
起来还发狠来着，说非要找到那个用癞蛤蟆偷袭他的江
湖宵小不行……"

卢三顺一听沈唤河说这个就蔫了："好好好，得，
我服了，我服了还不行吗？你老歪当然比我大娄子强了！
就您那满肚子的坏水儿，随便挤出一点儿都够我喝一壶
的。得，我以后再也不埋汰你了，只求你别去河神老罗
那儿告黑状。"

4

东北的夏天过得飞快。呼兰河的河水凉起来了，大
人们不再让孩子们下河洗澡了。

新学期开始了，罗先生三天两头地被叫去县里开会。
每次开会回来，他都是眉头紧锁，一副愁苦的样子，第

二天出现在课堂上时往往都是醉醺醺的。

　　"你有没有发现河神老罗不对劲？"卢三顺问沈唤河。

　　沈唤河眼珠子转了转："有啥不对劲的？他本来就是个苦瓜脸。我妈说，他嫌他老婆生不出孩子来，所以才老喝酒。"

　　"听说他家的大酒缸隔个十来天就会见底，太能喝了！"

　　"能喝好啊，谁叫人家有来着？咱倒是想喝，买不起不是？"

　　卢三顺咂吧了一下嘴，想起了那次偷喝烧锅酒的滋味。当时他只是偷喝了一小口，就被他爸发现了。他爸脾气暴，狠狠揍了他一顿，揍得他鬼哭狼嚎的。直到他连连保证再也不敢了，他爸才停了手。就这，他后来还有脸跟沈唤河吹牛，说烧锅酒怎么怎么好喝，可惜他没敢喝个够，不然的话一顿胖揍是免不了的。

　　沈唤河长这么大还没有喝过酒，为了这个他一直耿耿于怀。

　　"河神老罗还喝过啤酒呢！你知道吧？他说啤酒不好喝，跟马尿似的。马尿什么色儿，它就什么色儿，马尿什么味儿，它就什么味儿。"卢三顺说着直咂舌，就好像他刚刚被逼着喝了一口啤酒。

"拉倒吧！他那是臭显摆。我当然知道了，他那两瓶啤酒，是我哥有一年回来过年送给他的。那么好的东西，我都没捞着尝尝，你说气人不气人？"沈唤河一想起这事就懊糟得不得了。当时他曾几次溜到罗先生家里，想趁罗先生不注意偷喝一口啤酒。谁知道罗先生这个守财奴一直不舍得打开，愣是放了两三年才喝。这么长时间过去，那啤酒肯定早就过期变质了，要不怎么会一股子马尿味儿？

"你哥不是特烦你吗？他不揍你就不错了，还给你啤酒喝，想啥呢？"

"嘿嘿，他揍我我只能挨着，打不过他，但我也有办法治他。"唤河说着，小脸上浮起了一丝笑意。

"得，你那一肚子坏水，你哥还真得防着你点儿。就说那一次吧，你去找胡大肚子家的丑姑娘那一次，那时候你多大？五岁，还是六岁？"

"六岁。我哥那天把我揍惨了，把我给恨的呀！得，我就掐了一把扫帚梅，去找胡小梅了。我跟她说：我哥让我来送你的。哎哟，别提了，她当时就乐成了一个大倭瓜，后来每次见到我哥，都冲他挤眉弄眼的，整得我哥都快疯了。"

"哈哈哈……真有你的，不愧是老歪！打小就歪心眼子多。"

"别净扯些没用的。河神说了，下周六那天是秋分，他要带咱们全班去河对岸那片白桦林秋游。到时候咱俩下河摸几条鱼，烤了吃，怎么样？"

"那肯定贼拉香！我咋就没想到，老歪你简直就是个天才啊！地里的红薯也该长成了，到时候我再去偷几个红薯烤烤吃。"

"摸鱼可以，偷红薯就算了吧！没听说吗？日本子现在天天都到地里巡逻，逮住偷粮食的就朝死里打。"

三顺见唤河说得这么吓人，吐了吐舌头，不说话了。

5

秋收在即，日本子急于从东北搞军粮，派了很多士兵和浪人到地里看水稻，强令老百姓必须按要求收割水稻、打出大米、晒干上交。贴出的布告上写得清清楚楚：有敢抗交、私藏大米的，军法处置！

镇公所传出的消息是，胡大肚子和日本子勾结，朝阳堡镇今年的大米都会从地头直接拉到呼兰县城的日军大营里去，一粒也不会给老百姓留！

有几个小地主，仗着跟胡大肚子是本家，就跑去镇公所想要通融一下。没想到胡大肚子冲着他们就是一顿狂喷："皇军那是仁义之师，人家不会白要咱的大米！人家论斤给钱的，一毛钱一斤！各位拿到钱，想吃大米，再去县城粮店买不就得了。"

小地主们听了，都叫苦不迭："哪有那么贱的大米？城里的大米早都两毛钱一斤了，一毛钱一斤，那是高粱米的价啊！"

"就是就是，胡镇长——哦，不，尻，尻那什么，尻子玉镇长！尻子玉一郎镇长，能不能帮咱们跟皇军说说情，让我们交一半、留一半？"

"就交一半、留一半吧！一郎镇长您面子大，皇军准能给咱们开恩。"

胡大肚子敲了敲手中的楸木手杖，连连摇头："咳咳，这个情我尻子玉可不敢去说。犬养次郎司令拍了桌子，说全县所有的大米都要上交，一粒也不准留。听说他们是要把大米运到哈尔滨去。谁敢抗交、私藏，那是要军法处置的。知道啥叫军法处置吧？"胡大肚子说到这里，伸出右手比画了个手枪，"就这么着，砰，一枪，你的小命就没了，还想吃大米？别净想美事了，这年头能平平安安地活着，就算烧高香喽！"

"一粒也不准留，给的价还这么贱，这跟明抢有什么区别？我看，这是要逼我们当胡子、当马匪去！"

胡大肚子白眼一翻："啥？啥啥？你说皇军明抢你大米？你还要跑去当胡子、当马匪？要不是看在我以前姓胡、和你是本家的面子上，信不信我现在就叫人把你绑起来送到城里去？你这么有本事，你去跟犬养次郎司令说去！"

"得得得，您是镇长，您大人大量，算我没说，算我没说。"

几个小地主碰了一鼻子灰，唉声叹气地走了。

他们没有想到，日本子还有比这更狠的招儿。

罗先生进城开会时，曾经顺路拐到粮店看过。店里只有玉米、高粱米等几种粗粮，大米、小麦等细粮是一粒也没有。店主苦着脸告诉罗先生："说出来您可能不信，我这卖大米的都吃不上米饭了。上头把所有的细粮都给收走了，现在你让我再去进，它不能够啊！全哈尔滨所有的粮店都和我这儿一样，都没有一粒细粮。您说说，这是什么世道啊！"

其实罗先生到粮店之前，心里就已经有数了。开会

的时候，县立高级小学的辛校长悄悄地告诉他，邻县的
日军司令部一个月前就已下了死命令，声称所有的中国
老百姓都必须把家里的细粮全部上交，谁敢吃大米、白面，
抓到就给关到号子里，听说有几个带头抗交的都已经被
抓起来枪毙了。

邻县都这样了，呼兰估计也用不了多久就会如法炮
制。罗先生猜测，呼兰的日军司令部之所以还没下这样
的命令，是因为秋收在即，同时征收地里的稻米和老百
姓家里的细粮肯定会激起反抗。他们这是想来个钝刀子
杀人，一步一步来。

从呼兰回朝阳堡的路上，罗先生眼看着漫山遍野的
稻子，疯疯癫癫地唱了一路戏。稻米正在灌浆，再过个
十来天就好开镰了。可是这些金灿灿的稻米却进不了辛
苦种植它们的中国老百姓的嘴里，反而要被抢去填饱日
本侵略者的肚皮。稻米要是有知，是不是也会哀哭悲叹
呢？亡国了，不光人完蛋，鸡鸭牛羊完蛋，就连稻米也
要跟着完蛋！

响晴的高天下，秋风吹过，金浪滔滔，稻花飘香，
丰收是一定的了。大田一眼望不到边，可是一个人影也
看不见——开镰之前日本子不准老百姓下田。每个村口
都有个荷枪实弹的日本兵在把守，还有不少穿和服的日

本浪人，手里握着武士刀在田野上四处游荡。

　　这是中国的土地啊！这是中国的大好河山啊！怎么就这样了？罗先生悲愤极了。他一路走一路想一路唱，眼瞅着太阳偏西了，就见几个日本浪人迎面晃了过来。罗先生决定不理会他们，刻意挺直了腰板，嘴里继续唱着《三岔口》走了过去。

　　交错之际，罗先生听到了拔刀出鞘的声音，心里顿时生出一股寒意。他停住脚步，缓缓地转过身，嘴里不再唱了，两道浓眉和两只眼睛同时聚焦，紧紧地盯住了那个拔刀的日本浪人。这家伙鼻唇间留着一撮仁丹胡，豆粒眼里透着一股凶光，看样子也就三十来岁，但发际线却已退到了后脑勺上。

　　时间仿佛凝滞了，双方就这么僵持着。罗先生的脸上没有任何表情，鼻梁上架着的眼镜在斜阳下闪着光。

　　为首的那个日本浪人显然年纪不小了，头发已然花白。他盯着罗先生看了又看，过了好一会儿才终于哼了一声，先是伸出手按了按"仁丹胡"的武士刀，然后冲着罗先生挥了挥手，意思是你走吧。

　　罗先生暗自长吁了一口气，默默地转过身，快步走开了。这帮王八蛋，八成是听不得我唱京剧！难道以后我们东北人都得唱那哇里哇啦的日本歌了吗？这么一想，罗先生心里就跟被塞上了一块焦炭似的，堵得更难受了。

回到家把门一关，罗先生跟老婆说的第一句话就是："赶紧包饺子，这几天咱提前过年，把家里的大米、白面全都吃了。"

第二天到了课堂上，罗先生又反复嘱咐了学生们一番："你们回家跟爸妈说，就说我说的，让他们这几天把家里的细粮都吃了，高低不要留！留到最后，就都便宜了那一帮狗强盗了！"

6

在孩子们的热切盼望中，时间终于走到了秋游日这一天。

上午九点半，在罗先生的带领下，全班三十一个孩子整整齐齐地列队出发了。

头一天罗先生就跟孩子们说了："同学们，明天是秋分，咱们是秋游，也是过节，所以请大家都穿得立整的。中午的午饭最好都带饺子，到时候，我会生火给大家烤一烤，让你们热热乎乎地吃。先说下哈，你们吃饺子的时候，我可都要尝尝，看看谁家包的最好吃。"

孩子们都很兴奋，这也难怪，天天憋在屋里学那些膈应吧啦的日本话，太难受了，谁不想到外面玩儿上一天呢！

罗先生今天刮了脸，还打了发蜡，看上去像换了个人似的。他穿着一袭合体的灰布长衫，鼻梁上的那架厚重的眼镜也被细心清洗过了，两道浓眉被圆圆亮亮的眼镜一衬，显得越发精神了。

"嚣张啊嚣张，河神老罗今儿个可真够嚣张的！"卢三顺走在队伍最后边，学着罗先生走路的样子。

"嘘，小心让河神听到。依我看，今天最嚣张的不是他，而是你大娄子！"刺完这一句，沈唤河就夸张地大喊起来："都来瞧啊都来瞧！瞧卢三顺这身新衣裳，他这是要娶新娘子了！"

"谁娶新娘子？谁娶新娘子？你个老歪，欠削了是吧！"卢三顺嘴里发着狠，脸上腾地一下烧起来了。

他今天上身穿了件白衬衣，外套一件鲜绿色的鸡心领毛坎肩，下身是一条蓝土布裤子，除了裤裆有点儿肥大外，全身上下都非常立整。尤其是那件绿坎肩，跟白衬衣一搭，特别出彩。这是他姐姐在哈尔滨买了毛线亲手给他织的，说是今年城里最时新的样式。上了身后果不其然，就连罗先生看了都夸够精神的，还说可惜缺一顶鸭舌帽，不然这卢三顺就是走在哈尔滨最繁华的中央大街上，那也绝对是摩登小伙儿。

"魔灯？啥魔灯？罗先生，您是说卢三顺像那个阿拉丁吗？"沈唤河嘴快，惹得卢三顺不高兴了。三顺抬手就给了他一拳。

罗先生笑了笑："你们这俩活宝，就不能消停一会儿！摩登，不是魔灯，摩天大楼的摩，你们还没学过，登高的登。这俩字是英语的音译，其实就是时新、时尚的意思，这几年报纸上经常提到。"

出了镇子，大家就不再管什么队形不队形了。摆队形本来就是给别人看的，田野里没什么人，也就不用摆了。师生们一路聊着天儿，热热闹闹地走到镇子东北，穿过大石桥，到了对岸的那片白桦林。

这片林子不太大，有百来棵桦树，西挨呼兰河，东接庄稼地，是一块风景绝佳的好地方。一排排挺拔的桦树投下一大片阴凉，挡住了秋老虎的热力。眼下树叶虽已泛黄，但林中空地还是绣满了野草，边际也到处点缀着粉粉白白、蓬蓬勃勃的扫帚梅，让人一看就心生欢喜。

孩子们有的跑到林子中采蘑菇，有的拿出小刀在桦树上刻字，也有的跑到河边捡鹅卵石去了。罗先生不管他们，一个人坐在林子边上的一块阴凉地里，笑吟吟地看着。等到孩子们撒完欢儿，自动地聚集到他身边来后，罗先生才慢条斯理地从布包里拿了本书出来。

"啊，是国语课本！"孩子们发出一声惊叹，都瞪大了眼睛。

"对，孩子们，是国语课本。"罗先生抬眼扫视了一下，"你们都知道，我老婆不生养，我没有孩子。所以，我打心里边把你们都当成了我的孩子。今天咱们离开学校到外面来过秋分节，这里没有外人，我就打开天窗说亮话了。日本子占了咱们的土地，整天欺负咱们，太叫人痛心了！现在你们还小，还没有力量跟他们斗。但是我想，等你们长大了，一定会起来把他们赶走的。咱们中国人可以穷，可以苦，但就是不能没骨气。你们要记住，誓死不当亡国奴！"

"对，誓死不当亡国奴！誓死不当亡国奴！誓死不当亡国奴！"孩子们高声喊了起来。

旷野里一片寂静，只有阵阵秋风掠过，像是在应和着这怒潮般的呐喊。

罗先生定定地看着孩子们，看着看着就热泪盈眶了。他伸手擦擦眼角："不急不急，等你们长大了，咱们再行动。现在，我来给大家上一堂国语课。唉，你们现在啥也干不了，那就尽力多学会几个中国字吧……"

一年前被迫停掉国语课时，孩子们刚刚学了一百来个汉字。在这之外，罗先生还特意教会了每个孩子自己的名字怎么写。除了那些家里有大人偷偷教写字的孩子，大多数孩子掌握的汉字就是有限的那百十来个。

"去年咱们最后一堂国语课，学的是'夏'这个字。今天咱们接着往下学，学'秋'这个字。课本上给这个字举的例句是：秋月高高照长城。来，我把这七个字写在地上，你们都好好看着，看我是怎么写的。"

野气袅袅风细细。一只白鹤悠然飞过林梢，看到了极为动人的一幕：一位着长袍的先生半蹲着，用一根树枝在地上一笔一画地写着字，三十多个小学生团团地围着，都弯着腰伸着脖子，专注地盯着他们的先生接连不断地写出的中国字。

"我写完了，这就是：秋、月、高、高、照、长、城。大家先拿手指头在手心里学着写写，觉得学会了就散开，把它们都写在自己跟前的地上吧。我待会儿要挨个儿检查，看看你们是不是真的学会了。"

等到孩子们都写完后，罗先生转着看了一圈，耐心地给几个孩子做了纠正，这才又拿出课本，继续讲了起来："同学们都写得很好！咱们课上没有时间练习了，希望大家课下多写写多练练，把这几个字真正学会了。下面，请大家跟我大声读：秋月高高照长城。秋，秋，广寒秋的秋。"

在林木散发出的清气里，孩子们都晃动着小脑袋瓜儿跟读起来了。

罗先生感到特别欣慰："今天是秋分，咱们学'秋'这个字，是不是好极了啊？"

"是，是，好极了！好极了！"孩子们热烈地回应他。

"好，大家看看我手里的课本，能不能看清这幅插图？你们看，这是一轮满月，这是巍峨的万里长城，画得好吧？万里长城是咱们中国的象征，希望同学们将来都能有机会去看一看。到那时候，希望你们能一下子想起今天，想起咱们在秋分这天学过的秋月高高照长城。来，大家继续跟我读：秋，秋，广寒秋的秋；月，月，霜晨月的月；高，高，晚云高的高；高，高，雁高飞的高。"

孩子们都专注地跟罗先生读着，没有注意到有人来了。

罗先生继续领读："照，照，梅花照雪的……"这句还没读完，他就看到斜刺里有两个人急急地走过来了。罗先生连忙把课本塞进了布包，然后抬起头看了看天，若无其事地说："好了，同学们，有人来了，先把你们跟前的字擦掉吧。正好时候也不早了，大家都该饿了，咱们先吃饭，吃完饭再继续学。"

来人是胡大肚子派来的，说是尻子玉镇长听说罗先生组织学生出来秋游，有点儿不放心，就派他们过来看看，并提醒罗先生注意安全，下午早点儿回镇上。

罗先生有一搭没一搭地跟来人应付了几句后，就客气地下了逐客令："孩子们都饿了，我们要开饭了。二位要不留下来一块吃点儿？"

来人很识趣儿，摆摆手，道了声"叨扰"就走了。

这时候，沈唤河、卢三顺等几个孩子已经跑到了河沿儿下头。他们要去摸些七星鱼来。这种鱼是呼兰河的特产，别的地方都没有。它的外形很像泥鳅，因两个鳃上各有七个孔而得名。这鱼周身呈灰黄色，细细长长的，没有鳞，特别适合烤了吃。呼兰河畔的孩子们都知道，这种鱼吃起来既有鱼肉的鲜感，又有一种猪肉的香味，老解馋了。

可这七星鱼比泥鳅还奸，沈唤河他们费了好大的劲儿，才摸上来十多条。

罗先生已经生起了火，正在忙着给大家热饺子，看到卢三顺他们摸了七星鱼回来，更加来了兴致，乐呵呵地找来几根粗大的树枝，用它们架着烤起鱼来。

不一会儿，鱼香味儿就飘满了整个白桦林。看到鱼肉都滋滋冒油了，卢三顺不管三七二十一，伸手抢了一条就吃："烫，烫嘴！嘎嘎香！"

他没想到这一下子激起了众怒：

"馋鬼，应该让罗先生先吃！"

"大娄子你也太砢碜了，咋一点儿礼数都不懂！"

"不要脸的埋汰玩意儿！快嘬着你的鱼骨头滚吧，能滚多远滚多远！"

罗先生摇摇头："你们这些孩子可真不消停！卢三顺摸鱼有功，当然可以先吃。这不还有这么多吗？我这就烤好了，稍微一等咱们就都能吃上了。"

虽然罗先生不以为意，但卢三顺知道自己错了，心里很不好意思，脸上也挂不住，就真个抹抹嘴，站起身来朝着林子里走去了。

大家知道卢三顺是抹不开面子，都不理他。烤鱼的场面多热闹啊！沈唤河被深深地吸引了，也没注意到好朋友不见了。

7

卢三顺一个人穿过了白桦林。

林子不是太密，虽然有点儿阴森，但毕竟是大白天，没什么好怕的。深处的地面上落了满满当当的树叶、树皮，经年没人收拾，已腐烂得差不多了。人走在上面只觉脚底软软的、沙沙的，别提有多惬意了。

从白桦林穿出去，就是一大片一眼望不到边的稻田。

秋分时节，那稻田已是一派金黄。高远的天空上，有一队大雁正起劲儿地往南飞去。雁鸣声中，一阵西风压着雁脚掠了过来，把整个田野都裹上了一股淡淡的稻香。

卢三顺贪婪地深吸了几口气，咂吧咂吧嘴，想起了往年这个时候烧鲜稻的美味，心不由得蠢蠢欲动起来。

他知道日本子严禁老百姓到大田里偷粮食，就下意识地向四处张望了半天。看看附近没有人，再加上心里头有个将功赎罪的念头，他就躬下身子悄悄地踅进了稻田。他是想着拔些水稻回去给罗先生和同学们烤着吃，那大家就会忘记他抢先吃鱼的事儿了。是以他很用心地专挑个头最大的水稻拔，还边拔边数着数儿，心想不多不少，就拔三十二棵拉倒。

看到卢三顺抱着一捆水稻出现在眼前，大家都懵了。罗先生刚夹了一个饺子放进嘴里，一看到这情况，惊得差点儿没跳起来。他一边费劲地将饺子咽下去，一边飞速转动大脑，想要赶紧整明白该怎么应对。

"卢三顺，你这是要干什么！太危险了，知不知道？你这是作死啊！"罗先生的口气严厉极了。他吼完还是没能控制住自己，冲上前猛地推了卢三顺一把，把他推倒在了地上。有一种人是恶鬼脾气菩萨心肠，罗先生就是这样的。

"先生您别生气……我、我寻思烧鲜稻好吃，就拔了三十二棵回来，想着咱们每人都吃上一棵。您放心，我仔细观察过了，哪儿都看不到人。"卢三顺蜷着身子趴在地上，两手还紧紧地抱着水稻，可怜巴巴地解释着。

罗先生叹了口气，问："你确定没人看见？"

"我手搭着凉棚张望了半天，真没有人！"

"好，"罗先生缓和了一下语气，"没有人就好。这种事太危险了，以后千万别再干了！"

"嗯！"卢三顺脆生生地答应着，一骨碌爬了起来。

"同学们，卢三顺一片好意，给咱们拔了一些水稻来烧着吃。大家应该感谢他！不过要注意，这事千万保密，不能对任何人说。行了，咱们赶紧烧鲜稻吧，烧熟了赶紧吃！稻秆儿烧不着，现在咱就挖个坑，把它们埋了。"

烧鲜稻的味道可真好！罗先生一粒一粒地扒着吃，细细地咀嚼着，品味着。他不由得想起了几年前，那时候还没有日本子，每到秋分，田野上到处都是烧鲜稻的大人和小孩，谁都能尽情地吃个肚儿圆。

看到罗先生那心满意足的样子，卢三顺觉得自己这回可算露脸了，便唾沫星子乱飞地吹起了牛："嘿嘿，这烧鲜稻好吃吧？是咱中国的吧？那凭什么不准咱中国人尝尝鲜，都让日本子装上汽车拉走？我卢三顺还就不信这个邪了！"

"得了吧，你个大娄子！这次算你走运，日本子可不好惹，还是老实点儿吧。"有同学看不惯他那嘚瑟劲儿，兜头泼了一盆冷水。

"怎么，你是说烧鲜稻不好吃？好吃啊？得，好吃就对了！早知道我应该拔六十四棵的！让你们都吃个够……"卢三顺边说边仰起头，一脸得意地把刚搓出来的一小把稻米倒进了嘴里。

正在这时，沈唤河突然疯了似的尖叫起来："不好！日本子来了！"

卢三顺嘿嘿一笑："你个老歪又想吓唬我！拉倒吧，

别说这里根本就没有日本子，就是他们真来了我大娄子也不怕！"

8

"卢三顺，你闭嘴！"罗先生狠狠地瞪了卢三顺一眼。

卢三顺吓得一哆嗦，手里的稻穗掉到了地上。日本子不会是真来了吧？

真是怕什么就来什么：几个日本浪人如鬼魅一般，悄无声息地出现在了不远处的河滩上。

"大家别慌！听我的，快把稻穗和稻壳都扔到火里去！"罗先生已经冷静下来了。

一阵手忙脚乱之后，现场被清理干净了。

"好，大家都坐在原地，不要动。谁还有饺子？拿出来放在前面。等日本子来了，你们都不要说话，我一个人来应付。"罗先生表面上镇定自若地指挥着，心里却早已急疯了：这几个日本浪人来者不善，八成就是冲着卢三顺来的，怎么办？该怎么办？能怎么办？好在没有证据，但愿河神保佑，让卢三顺能平安渡过这一关。

几个日本浪人走近了。罗先生打眼一看，不由得暗暗叫苦：这不就是上次在路上碰到的那帮龟孙吗，怎么阴魂不散，又缠上我了？

那个"仁丹胡"气势汹汹地冲过来，一把将卢三顺从地上揪了起来。卢三顺被揪了个趔趄，本能地挣了一下，结果肚子上马上挨了重重的一拳，疼得他捂着肚子蹲到了地上。

罗先生疾步上前，把卢三顺护在身后，对为首的花白头发浪人说道："我是朝阳堡初小的校长罗继良，这都是我的学生。你们是干什么的？有话好说，不能动手打人！"

花白头发浪人开口了，说的是不太流利的中国话："我们滴，是大日本滴，驻呼兰朝阳堡滴，秋收滴，巡防队。你滴，学生滴，良心滴，大大滴坏了！偷水稻滴，不行，跟我们滴，走！"

罗先生故作吃惊："偷水稻？没有啊，我们全校师生今天是来这里秋游的，没有人偷水稻。"

花白头发浪人冷笑一声，打开身上的挎包，拿出了一个望远镜："这个滴，都看清楚了，绿衣服滴小孩，偷水稻。"

罗先生一看到望远镜，就知道这下子完蛋了，但还想尽力争取一下："好，他偷水稻是不对，我们学校一定会严加处理，我保证！我要罚他写检讨，罚他加倍赔偿稻米，罚他扫大街……"

花白头发浪人不耐烦地打断了罗先生："不行！我们滴，必须、带走他！"

罗先生冲着他抱了抱拳："我看你年纪不小，想必家中也有孩子。我这个学生，他也是个孩子啊！孩子不是大人，还不懂事，犯了错是得管教，可也不用非得把他带走吧？你们想把他带到哪里去？"

"无可奉告！"花白头发浪人挥了挥手，示意动手。

两个年轻的日本浪人上前几步，架起卢三顺就走。卢三顺吓坏了，哭喊着拼命挣扎。

罗先生冲了上去："不行，他是我的学生，你们不能带走他！"

"仁丹胡"飞起一脚，正踹在罗先生的心口上。这家伙八成练过武，只一脚就把罗先生踹倒在了地上。

罗先生喘着粗气，想要爬起来，可是腿脚都不听使唤了。

"中国猪！""仁丹胡"冷笑着从牙缝里挤出了三个字。

罗先生气炸了，腾地站起来，冲着"仁丹胡"扑了上去：

"我跟你拼了！"

电光石火之间，两个身影纠缠到了一起。只听扑通扑通几声，"仁丹胡"已将罗先生摔倒在地，并把他整个人都给牢牢地压制住了。罗先生拼命乱挣，"仁丹胡"索性一屁股坐到了罗先生身上，左右开弓地打起耳光来。他直打了几十下，每一下都用足了全身的力气。罗先生根本无力招架，被打得满头满脸都是血，眼镜也被打飞了。

"你滴，敢不服？服不服？"打到后来，"仁丹胡"每打罗先生一下，都会跟着吼上这么一句。他的中国话非常生硬，听起来就像是狼嚎一样，叫人又恨又怕。罗先生觉得自己就要死了，心想死就死吧，那也不能跟日本子认怂！可他又无力反抗，只能死命咬紧牙关，狠狠地瞪着"仁丹胡"。"仁丹胡"见他这么死硬，下手更重了！终于，罗先生被打得昏死了过去，躺在地上一动不动了。

花白头发浪人用日语喊了一句住手，"仁丹胡"这才拍拍手站了起来。临走他又重重地踢了罗先生一脚，还朝罗先生的脸上吐了一口浓痰。

9

两天后的晚上，啸河妈带着唤河前去探望罗先生。

娘俩带了二十个黏豆包、六个鸡蛋。

罗先生已能爬起来坐在床上了，但还是面无血色。那个"仁丹胡"下手太狠了，罗先生要想完全恢复，没有十天半个月想都别想。

秋游时孩子们看到那一幕都吓坏了。后来还是唤河最先冷静下来，撕下衬衣给罗先生做了简单的包扎，同时让几个腿快的同学赶快跑回镇上，请医生的请医生，去给卢三顺家报信的报信。不一会儿，大人们就带着一张门板赶来了，七手八脚地把罗先生抬回了家。

啸河妈给罗先生带来了好消息："三顺那孩子被带到了县警察局，三顺他爸托人去打点了，说事儿不大，顶多就是判几个月苦役。"

罗先生听了这话，顿时觉得心里的一块石头落了地："那就好啊！老嫂子，留得青山在，不愁没柴烧。我这两天老做噩梦，梦见三顺叫日本子给枪毙了……"

"罗先生，你就放心好好调养吧！三顺比我家唤河皮实多了，下煤矿就是苦点儿累点儿，他能撑得住的。"

"什么？下煤矿？日本子也太毒了吧！三顺还是个孩子，他哪儿能顶得住！"罗先生眼圈红了。

"没事，三顺这就十三岁了，比我还高一头呢，他能行！"啸河妈伸出右手比量了一下三顺的身高。罗先生不由得笑了——这时的啸河妈也太有喜感了，她身材非常矮小，只有一米三多一点儿，比锅台高不了多少。就连瘦弱的唤河，现在也跟她差不多高了。

唤河在一旁帮腔："先生您放心吧，大娄子他可有劲了，肯定能顶得住！"

罗先生点了点头："但愿这孩子能撑过来。"

啸河妈说："三顺他爸这几天忙着到处求人，还没顾上来看您吧？"

"我这没啥事，看不看的，三顺平安就行了。老卢哥虽然脾气暴，但却是个懂礼数的，昨天就托人带话过来了，说回头会来重谢我。重谢啥啊，我没看好三顺，心里难受，可当不起人家的谢。老嫂子你说，我这把年纪了，怎么遇事还慌呢！当时我就应该跟他们说，我跟他们去，把三顺换下来！脑子乱了，没想到，让人家孩子受罪了。"罗先生说完，伸手抹了把脸，从嗓子眼儿里呼出了一声长叹。

"罗先生，话可不是这么说，您哪敢跟三顺换啊，真换了可就麻烦了。他们是真杀人，听说前两天南乡里有个大哥趁夜到自己地里割了几把水稻，结果您猜怎么着？昨儿早上被日本子给枪毙了。"

正说着，罗先生的老婆端着一碗滚烫的大碴子粥进屋了。啸河妈和她打了个招呼，嘱咐罗先生安心养着，就起身要走。

罗先生叫住了唤河："唤河，你是个好孩子，我谢谢你！这样，你过几天再来我这里一趟，我给三顺写封信，等他回来了你交给他。"

"行，先生，我管保交到他手里！不过，您为啥要写信给他呢？您这是要走了吗？"唤河的小脑瓜特别灵光，一听这话就觉出罗先生要走了。

"没事，我这不得先养好身体吗，等你下次来咱爷俩再细说吧。"罗先生扬扬手，示意唤河出门追他妈去。

门外已是一片漆黑。街上阒无一人，偶尔会响起几声狗叫，也都是恓恓惶惶的。唤河跟在妈妈后面，心里乱极了，一忽儿想到三顺：不知他有没有挨打，能不能吃上饭？一忽儿又想到罗先生：也不知他要去哪里，自己这学还能不能再上了？

第二章

月，月，霜晨月的月

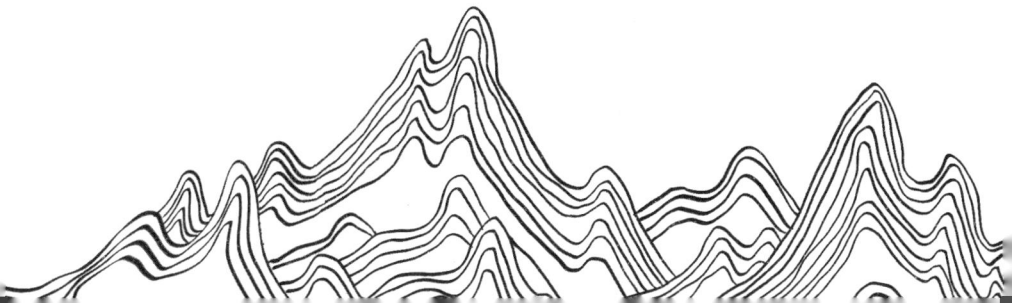

1

秋分秋分，就是一秋分两半，意为秋天已过了一半儿了。

秋尽江南草未凋，那是说的温暖的南国。在苦寒的东北之北，就满不是那么回事了。秋收刚一忙完，呼兰河的水就黑了下去，两岸的草却白了起来，有时候从早到晚一整天都挂着霜。河畔白桦树的叶子全都黄了，阳光下那成片的树林看上去就像在撒金、摇金、扒拉金。

每当这时候，这里的农人们都忙得团团转，田里的水稻、大豆、高粱都要收，抢完秋收后还要把田地都耕上一遍，这庄稼地里的活计才算是一年到了头。

这么忙的季节，偏也有不那么忙的，比如那走四乡八村的"讨秋官儿"。他们一天中只是一早一晚才出现，到了村子里就挨家挨户地转，口口声声地说着吉利话，直到把主家说得眉开眼笑，进屋里给抓把高粱米或拿上两个豆包儿，才会转到下一家。这是这地方古已有之的行当。讨秋官儿的名头里虽有个好听的"官"字，实际上就是要饭的。做这一行，首要的技能就是嘴甜脸皮厚，所以一般都是些老头儿老婆子——年轻人爱面子，哪里豁得出去？

可今年年景糟透了，有些还年轻的婆娘也被逼着当起了讨秋官儿。这里头就有啸河妈。

啸河家原本有六亩黑土地。啸河爸活着时，把田地伺弄得服服帖帖的，每年打的粮食都能有些盈余，留足口粮后还能给家里人扯件新衣服、添置点儿锅碗瓢盆。四年前啸河爸得病过世后，家里的光景就一落千丈了。办丧事花费不小，啸河妈拉下了饥荒。那时啸河在县城读高小，还差半年就毕业了。啸河妈咬牙顶着，借遍了朝阳堡，总算帮啸河筹措好了学费。可这孩子特懂事，不声不响地把钱都还给了街坊们，跑到县城退了学，第二天就去哈尔滨找事做去了。这几年年景不好，啸河妈为办丧事欠下的账，多亏了啸河挣的工资才还上。

啸河在哈尔滨一家报社当排字工，每天都要和呛人的油墨打交道，还得黑白颠倒，天天都是上夜班，辛苦是不必说的了。他这几年只回过呼兰家里两次，人瘦得跟刀棱似的，但精神头儿却好着呢，谁见了都会忍不住夸上一句：嘿，瞧这棒小伙！因此，啸河妈除了嘱咐啸河要吃饱穿暖之外，对他倒也没什么好担心的。

可这阵子不行了。秋分过后，啸河妈托人连着给啸河带去了两封信，结果全都石沉大海。呼兰离哈尔滨不远，捎个信儿回来并不难，这转眼已过去了一个月，眼看就要交十月了，啸河那头却还是没有动静。该不会是出什么事了吧？啸河妈最近经常感到左眼皮嚯嚯地跳，心想难不成这是要有灾吗，再过几天要是还没有信儿，自己就想法子搭车去趟哈尔滨，到那个报社找啸河去。

家中六亩地有五亩种的是水稻，望着那一地金黄，啸河妈本来觉得快慰极了：不枉自己忙了一春又一夏，这一季可算是能有个好收成了！谁承想挨千刀的日本子打碎了她的美梦，派了人来逼着她娘俩把水稻收割了，然后直接全都给装上汽车拉走了。全朝阳堡家家户户都这样，没有人敢说半个不字。大家都已无力哭泣，只能红着眼圈儿，看着自己辛辛苦苦种下的粮食消失在那汽车屁股喷出的黑烟里。

这一季，啸河妈只打了不到二百斤高粱。东北的冬天太过寒冷，地里不长庄稼，要等到春天才能播种，秋天才能收新粮。娘俩要撑到明年秋天，每个月就只有不到二十斤高粱。这怎么行？且不说唤河正在长身体，就只是单单维持喘气儿，这点儿粮食也不够活人的。啸河妈算账算不利落，但对用来活命的粮食还是有数的，她心里早就慌了。

于是，从打完高粱那天起，啸河妈就抹下面子当起了讨秋官儿，每天都到四外村里去讨吃的。眼下大多人家秋收还没结束，早上起来，她得趁着村民还没有下地就赶到人家门上去；晚上要等到天黑，瞅着人家回家吃饭了，赶紧跟上去。这样早出晚归，啸河妈每天都能要回一捧玉米二两豆的，倒也就不觉得有多苦了。有时候她运气好，晌午头子还能碰上个好心的小媳妇，叫她一声"老嫂子"，给她端上一碗热腾腾的大碴子粥。每当这时，她都会说上一箩筐感谢的话，一边泪眼婆娑地吃着，一边想着这倒好，又省了一顿。

2

虽正值农忙，唤河却每天都得去上学。胡大肚子说日本人十月里要举行什么庆典，要求学生在庆典上表演

"大东亚共荣操"，大家得赶紧好好练，就把原本有的休息日都给取消了。罗先生一肚子火，却又没法子反抗，只能看在胡大肚子没再逼着大家改日本名的分儿上，日复一日地带着孩子们练操，心想就权当锻炼身体了。

早上唤河起不来，不知道妈妈啥时候走的。但每到晚上，他都会雷打不动地跑到镇街口那棵大杨树底下去迎接妈妈。啸河妈个子矮小，走路慢，往往是那些讨秋官儿当中最后一个回来的。深秋的夜已经很冷了，唤河虽然已经穿上了棉袄，但还是常常被冻得哆哆嗦嗦的。只要一望见妈妈那矮小的身影出现在视线里，他就会咋咋呼呼地跑上前去，亲亲热热地挽起她的胳膊，和她一起回家去。

哥哥联系不上，唤河心里也非常着急。但他从不跟妈妈提这个，生怕惹她难过。俗话说："穷人的孩子早当家。"这话真不假，别看唤河细皮嫩肉的，五岁那年他就会做饭了。当然，他家本来就没什么好饭，要么是蒸高粱卷子，要么是熬大碴子粥，做起来很简单。每天傍晚，唤河都是估摸着妈妈快回来了，才去生火做饭。饭做好后，他再饿也不会先吃，而是先闷在锅里，等接到妈妈回家后，娘俩再一起吃。

这一天放学后，罗先生叫住了唤河，告诉他卢三顺被日本子给弄到依兰煤矿去了："唉，那儿老远了！离呼兰有五百多里地。"

"那大娄子他还能回来吗？"在唤河的心里，五百多里地就是天涯海角了，毕竟他长这么大，还从来没有离开过朝阳堡这块地方。

"回来啊！三顺他爹去矿上看过了，说是三个月后就能去领人了。"

"那就行。大娄子吃过这个亏，以后就该长记性了！"唤河长吁了一口气。他虽然同情卢三顺，但总觉得这家伙当时不该去逞能偷鲜稻，要是老老实实的，就不会有事了。

罗先生没想到唤河会这么说，怔了一怔，两道浓眉同时向着眉心跑了去，但刚一会合就又倏地分开了。唤河毕竟还是个孩子啊，等他长大了，就会懂了。他这样想着，拍了拍唤河的肩膀，换了个话题："我今晚就走了。"

"先生，您要去哪里？"唤河见这一刻终于来了，心里顿时涌起了一股不舍。罗先生教了他两年多，加上平时沈、罗两家也常走动，那感情老深了。

"去北平。"罗先生扶了扶眼镜，神情变得凝重起来了。不等唤河再问，他就飞快地补充道："我去那儿找那些官老爷请愿去！东北是中国的，他们不能就这么不要了！听说很多东北青年都去北平请愿去了，我也要去奔走呼号。要是他们答应出兵，那我就当场参军，一路打回来，把日本子都赶出去！"

罗先生虽然激愤不已，但始终小心地压着嗓子。唤河知道，这是闹不好要掉脑袋的事。罗先生竟然把这么大的机密都说给他了，这使他第一次感受到了被信任的滋味，既有点儿眩晕，也有点儿害怕。

"先生放心！我谁都不会告诉的，连我妈我也不说。"唤河抿紧了嘴。

"好，我就是因为信得过你才跟你说的。对了，等三顺回来了，你要提醒他一下，不要跟日本子硬来，就说罗先生说了，君子报仇，十年不晚。"

"嗨，这个不用我说，大娄子他肯定不敢了。"

罗先生的两道浓眉又在眉心会合了："唤河，记住我的话。这可不是敢不敢的事，而是'国家兴亡，匹夫有责'的事！要是没有日本子，卢三顺怎么可能会被抓去挖煤？我又怎么会被那帮龟孙欺负？这次是卢三顺，下次就有可能是你沈唤河。所以，等你们长大了，一定要想办法跟日本子干，把他们全都赶出去！明白了吗，沈唤河同学？"

"明白了，谢谢先生！"唤河习惯性地答应着，其实心里还是似懂非懂。

"好，快回家吧，再见了！"

"再见，先生！"唤河礼貌地朝罗先生鞠了一躬，转身走了。他天真地以为，罗先生去北平请完愿就会回来，顶多也就走个一年半载，压根没想到在那样的年月，"请愿"这个雅致的词儿其实是紧连着流血牺牲的。

回到家已是黄昏时分，唤河做好晚饭，没情没绪地出了门，想要去大杨树那儿等妈妈回来。

路过胡大肚子家门口时，他看见大门四敞大开的，就好奇地朝里望了一眼，正看见胡大肚子在院子里招呼客人。有几个是穿黄皮的日本军官，把卢三顺给抓走的那几个日本浪人也来了。

唤河心知此地不可久留，连忙一缩脖子，抽身就走。谁知胡小梅从门里赶了出来："老歪老歪，你别走，拿着这钱，我爸让你去给打十斤'红美人'来！"她说着给了唤河一张钞票，随手把酒坛子塞给了他。

"他们想喝'红美人'？那我老歪去打不合适，还得是你这个大美人去才行啊！"唤河脑子转得飞快，他可不想被那个不要脸的尻子玉一郎瞎使唤。

胡小梅没想到唤河这么会瞎扯，小脸腾地红了，噗地啐了他一口："我呸！说你歪你还真歪！要不是看在啸河的面子上，有你好看！还不快去？"

唤河没办法，只得蔫蔫地跑到镇子北头的酒坊去打了酒来。

这"红美人"是东北有名的烧锅酒，已有上百年的历史。酒坛子装满"红美人"后变得沉重起来，唤河拎不动了，只好把它抱在怀里。好酒就是好酒，虽然坛子口塞着用驴尿脬做成的球形盖子，还是挡不住酒香四溢。

天色已晚，大家都窝在家里吃饭，街巷里一个人影也没有。唤河闻着酒香，突然想起了罗先生，就想要尝尝他爱极了的这烧锅酒到底是个啥滋味。主意已定，他便三步并作两步，躲进路边的一个墙角，拔下那驴尿脬盖子，伸嘴喝了一大口。

"呸呸呸，这啥味儿啊？还不如驴尿好喝呢！"唤河没想到这酒闻着挺香，喝起来却是又辣又呛，连忙全都吐了。他盯着酒坛子看了看，蓦地灵光一闪：为啥不趁这个机会给罗先生和大娄子出出气呢？于是他便又把那酒倒出来一些，随即解开裤带，冲着坛子口尿了泡尿进去。

"哼，这才是专给王八犊子喝的'红美人'！"唤河满心畅快。

从胡大肚子家出来后，唤河大着胆子躲在门旁听了一会儿。他的心跳得扑通扑通的，生怕刚才捣的鬼露了馅。好在院子里不一会儿就传出了一阵欢声笑语：

"吆西，'红美人'滴，好酒！"

"太君，喝，喝！"

"吆西，干杯！"

唤河憋着笑，蹑手蹑脚地走开了。"还'红美人'、好酒呢。哈哈！是黑老歪、坏尿吧！"他小声叨咕着，心情大好，迈开大步到大杨树下接妈妈去了。

3

寒露过后，呼兰河畔已是一派萧瑟。田野里到处都光秃秃的，仿佛一眼就能望到天尽头。

这段时间，啸河妈已把四里八庄十几个屯子都走遍了，再朝外扩，就得每天跑个几十里路了。她不愿也不敢跑那么远，看看秋收已结束，很少有人下地了，就决定不再去屯子讨秋，改当野秋官儿，到田野里拾秋去了。

日本子为了保证军粮供应，早早地把大米全都给收走了。他们做事精细，逼着老百姓收割完稻子后，还会亲自下地检查两遍，把那些落在田里的稻穗统统收拢起来带走。因此，野秋官们看到稻子地就知道没戏，压根不过去，都只到高粱地里去，巴望着能捡点儿高粱米。啸河妈也知道这个理，就也只去高粱地里转悠。

今年农人们都格外珍惜粮食，落在田里的高粱穗子本来就少，加上野秋官又太多，一来二去就啥也难捡到了。啸河妈连着去转了好几天，每天都只能捡来一小把高粱米，可就这样她也还愿意去。她是这样想的：高粱米又不会从天上掉下来，能捡一点是一点，在家闲着也是闲着不是？

快到霜降那几天，大东北的寒风呼啸起来了，刮得人耳朵发紧脸发青。野秋官们禁受不住，一个个地都缩手缩脚地跑回家去了。啸河妈身量小，整个人窝缩在大棉袄里，倒不像别人那样觉得冷得受不了，还能坚持着下地拾秋，只是不再早出晚归了，每天都只去走个晌午头儿。

霜降当天一早，第一场雪潇潇散散地飘了下来。雪粒子不大，落到黑土地上很快就融化了。啸河妈给唤河做好午饭后，抬头看了看天，觉得不像要下大雪的样子，心想这挺好——不耽误下地拾秋，于是就背上一条破口袋出了门。

　　到底是要入冬了，田野里就连晚凋的榛树、狼尾草、猫爪子，也都枯萎颓败了。加上漫天雪花乱舞，北风呜呜不止，大东北独有的苍凉一下子就凸显了出来。啸河妈要去镇子北头六七里外的那一大块高粱地。她一路走得急，倒不觉得冷，也不恼雪花，反而还有点儿稀罕它，就是觉得北风老烦人了，因为它吹得人走不动路。然而，她和她背着的那条破口袋都没有想到，就是这恼人的北风刮来了一场惊喜。

　　这块高粱地紧挨着一块水稻田。在地、田相交的一段硬土埂上，已积聚了一堆白白嫩嫩的雪，显然是北风把它们卷过来的。冬天的田野旷远无边，一眼望去，差不多全都是莽苍苍的黑色，中间突然显出一小块白来，任是谁也不会不被吸引的。啸河妈走了一路，正感口渴，一看到这个就乐了，心说这不是正犯困时有人给递枕头来了吗！她忙急急地走过去，捧起一捧雪吃了起来。

　　新鲜的雪花入嘴，那冰爽劲儿刚刚发散开来，啸河妈突然觉得眼前那一堆雪有点儿不对劲，下意识地拿眼一扫，就瞥见了一个崩塌的洞口。那洞口朝东，原本应是齐齐整整的，现在却已变得豁豁牙牙的，而掉下来的浮土也都不见了，周围毛干爪净的。不用说，这又是北风的杰作！啸河妈心里别提有多高兴了，连忙从破口袋里掏出铁镢镰，俯下身子挖了起来。

这个地洞是田鼠的老巢，正是野秋官儿们梦寐以求的宝藏。游荡在秋后的田野上，啸河妈隔上几天就能听到人家发现田鼠窝时那又惊又喜的咋呼，也亲眼见过人家从田鼠窝里挖出来玉米、大豆、高粱，它们被堆得像小山一样高，足足有几十斤。对野秋官儿来说，凭空多了这几十斤粮食，就等于一家人都能安然度过这个大荒年了。以往啸河妈只有在一旁眼红的份儿，从来没想到这样的好运气也会光顾自己。她的心激动起来了，边急急地挖着，边漫无边际地想了很多，一忽儿想到苍天有眼，这是来可怜她们娘儿俩了；一忽儿又想到自己那死鬼丈夫，要是他还活着，那在这个节骨眼不知道得乐成啥样……

铁镢镰很快就把那小小的洞口扩成了一个半人多深、一米见方的大坑，坑底清清楚楚地露出了两个"粮仓"。北边的一个，存的是红不拉儿的高粱米，南边的那个，竟然堆满了白灿灿的大米！两边泾渭分明，高粱米和大米互不掺和，可见田鼠一家在偷粮入仓时没少费心思。

啸河妈直直腰，平复了一下情绪，然后就打开那个破口袋装了起来。她先装大米，装完后拦腰拧了两把，把破口袋分成了上下两个空间，再把高粱米也装进去，然后用麻绳扎紧封口。这些都干完后，她坐在大坑里歇了好大一会儿。

看看天光暗下去了，雪也下得紧起来了，啸河妈这才起身要走。只见她抓住那破口袋的腰部，忽地一下就把它搭在了肩上。这一来那破口袋就被主人变成了褡裢，搭在胸前的是少一些的高粱米，有个十几斤，背在背后的是大米，差不多得有二十斤了。

"田鼠也知道大米好吃啊！"啸河妈边走边在心里念叨着。她感到北风钝了，雪花也柔了，架不住心里高兴，步子变得轻快了许多。

4

在 1933 年初冬的朝阳堡镇，啸河妈和唤河无疑成了最富足的人。因为就连那个狗屁倒灶的"镇长"胡大肚子，家里也找不出一粒大米来。可啸河妈和唤河却有二十斤大米，逢年过节就可以美美地吃上一顿大米饭。这还了得吗？啸河妈觉得这一定是呼兰河神的眷顾，特意赶在腊月初一那天去河神庙上了一炷香。

　　转眼到了腊八节。这地方的乡俗，在这一天是要喝腊八粥的。太阳偏西后，啸河妈就把打秋风得来的红豆、绿豆、黄豆、豇豆等等都找了出来。除了黄豆能有个斤把沉外，其他每种也就一小撮。啸河妈把黄豆也分出一小撮来，连同其他豆类一股脑儿都搁进了锅里。然后她就舀上两大瓢水，生起火，慢慢地熬煮起来了。等到豆儿们都开花了，她又添上了一小把小米、一小把玉米糁子、一小把高粱米。等到这三种米也都煮好了，她才又舀上一瓢水，最后添进去两大把大米——这是她沈嫂牌腊八粥的主料。

　　随着天渐渐地黑下来，腊八粥的香味也蔓延开来了。

　　啸河妈知道日本子不允许老百姓藏大米，就让唤河在茅厕旁边挖了个深坑，把大米装进咸菜坛子埋了进去，只有过节时才偷偷摸摸地取出一点儿来吃。可是千算万算，她没算到腊八节这一天日本子会来胡大肚子家喝酒，更没算到他们今天也不知道是哪根筋抽了，放着大街不走，偏要从她家门前的小道过。

　　唤河就要放学回家了。堂屋中间桌子上的两个大海碗里，盛满了香喷喷的腊八粥。啸河妈拿起一个碟子，打算去屋外头的酸菜缸里捞点儿酸菜，刚出屋门就听到大门外传来了三轮摩托挎子的动静，心说这小日本子来干啥。也就是一愣神的工夫，两辆挎子已经一前一后地开了过去。可是，它们很快又开回来了，而且在沈家门前停住了。啸河妈暗叫不好，脑瓜子嗡的一声，一时间麻了爪，整个人都木了。她早就听人家说过，日本子鼻子都贼拉尖，特别惦记炖小鸡和大米饭的味儿，打老远就能闻见。

"咣咣咣！"是打门的声音。坏了，日本子一定是闻到了腊八粥的香味，要闯进门来搜查了。

怎么办？怎么办？怎么办？啸河妈急得团团转。俗话说急中生智，啸河妈猛地端起大海碗咕嘟咕嘟地喝了起来。她根本顾不上咀嚼，得亏那些米儿豆儿也早都被煮烂了，很快就都冲进了她的肚子里。她边飞快地喝粥，边飞快地想着：锅里还剩了半碗八宝粥，得赶紧也去处理掉。

这时门框已被冲撞得咣当咣当直响，来不及了！啸河妈把锅里剩的粥舀到瓢里，又把瓢伸到水缸里兑了些水，抖动了几下，让水把粥变成稀汤，然后就忽地一下给泼到了墙外头。别看她个子那么矮，却是泼得很稳也很准，墙头和墙里都没有留下一丝水痕。

大门被撞开了！几个日本军人和一个狗翻译冲了进来。

　　"怎么不开门？"狗翻译跳到啸河妈跟前大叫。这家伙双眼通红，鼻头上的毛细血管都暴出来了。

　　"我，我，我还以为是讨债的上门了，就没敢开。"啸河妈一副吓坏了的样子，嗫嚅着。

　　狗翻译转了转眼珠，"哼"了一声。这种人是典型的三变脸子，别看刚冲着啸河妈要完威风，转身马上就能堆出一副笑脸，点头哈腰地去跟领头的日本子打报告。

　　这几个日本子都穿着黄毛呢军服，个顶个都是黄豆粒大的小眼睛。啸河妈每次看到他们，都会想起那些祸害人的黄鼠狼。

　　领头的那个黄鼠狼军曹摇摇头，咕哝了一句日本话。狗翻译跟个龟孙似的媚笑着答应："哈依哈依。"转过脸来就变成了天王老子："你个死老娘们给我听着，太君说了，你们中国人可真够坏的，怎么总是挑过节的时候上门要账！"

　　啸河妈眨巴眨巴眼睛，不说话，心说我们中国人再坏也坏不过你们日本子，像你们这样跑到别人的家里来坑人害人，那才真是坏透了！

　　那个黄鼠狼军曹恶狠狠地盯着啸河妈，冷笑一声，把手一挥，那几个黄鼠狼就呼啦一下冲进屋里搜了起来。搜完了屋里，他们又把院子细细搜索了一遍，但并没有什么意料中的收获，只在屋子的一角找到了几十斤高粱米。

"你滴，大米滴，有？"黄鼠狼军曹急了，直接蹦出了半生不熟的中国话。

"大米？没有没有没有。皇、皇、皇、皇军不让啊！"啸河妈害怕极了，禁不住结巴起来。

黄鼠狼军曹抽动了几下鼻翼，突然出手，狠狠地打了啸河妈一个耳光。啸河妈没有防备，结结实实地挨了这一下，被打得就地转了半个圈儿，一个趔趄倒在了地上。黄鼠狼军曹跟着一步跨过来，又照着她的腰身死命地踹了两脚。

"哎哟哎哟哎哟，我的腰断了！求求你们，别打了……"啸河妈哭喊了几句，接着就很识相地爬起身，跪在地上磕起头来。她心里单纯地以为，既然他们没有搜出大米，这打也打了，气也出了，自己再跪下求求他们，那他们就该走了吧？

没想到黄鼠狼军曹却还是不放过她。在啸河妈充满乞求的眼神里，他悠悠然地挂着指挥刀，点了一根烟。抽了一大半后，他猛地吸了一口，反手就把那烧得正旺的烟屁股塞进了啸河妈的嘴里。

"啊——"啸河妈被烫得发出了一声惨叫。那几个黄鼠狼却高兴得吱哇乱叫起来。

"太君，您这一招真高！越练越厉害了！"狗翻译伸出了大拇指。在这之前，黄鼠狼军曹就这么祸害过好几个中国人，狗翻译都见怪不怪了。

看着啸河妈那因痛苦而扭曲的脸，黄鼠狼军曹心满意足地吐出一个烟圈儿，冷冷地从牙缝里挤出了两个字——"带走！"。

5

唤河走在回家的路上。不知道为什么，他觉得今晚的夜空低得奇怪，就好像要带着满天的奔星砸到地面上来似的。年关将至，空气冷冽，镇子上本该喜气洋洋，可实际上没有一丝祥和，反而到处都弥漫着一股刺鼻的臭气。

唤河进了家门，见饭桌上摆着两个海碗，妈妈却不在屋里。他嘴里喊着"妈"，走到锅屋去找，还是不见人影。锅盖敞着，锅里空空如也，他伸手到灶膛里试了试，却分明感到还有一丝余温。这是怎么了呢？妈妈去哪儿了呢？她怎么不等儿子，自己把饭吃了？

有那么一瞬间，唤河觉得妈妈有可能是去哈尔滨找嘛河去了。这事她说过很多次了。但唤河很快就推翻了这一点：要去哈尔滨也得早上走啊，大晚上的她怎么走？她一个女人家，不过是要去看儿子，又不是像罗先生那样要去北平请愿，没必要借着夜色偷偷地走呀。

不知谁家在放炮仗，夜风带来一阵噼噼啪啪的声响。唤河愣了愣，回过神来，这才发现家里的很多东西都被扔得乱七八糟的。他心里猛地咯噔了一下，连忙跑去茅厕旁边的那个小夹道查看。还好，那里堆着的破碗碴子、烂花盆和草木灰都没有动过。今天早上，妈妈刚让他从它们底下取出过那个咸菜坛子，从里头掏了些大米出来。那之后他又小心翼翼地把坛子埋了回去，并恢复了伪装。

大米没有暴露，妈妈却不见了，这是怎么回事呢？唤河记得很清楚，中午回来时，妈妈还跟他说晚上要熬腊八粥过节的。这腊八节虽然不比除夕、冬至，但好歹也是个团圆节，家家户户都要关起门来吃团圆饭，妈妈一向讲礼数，肯定不会在这时候去邻居家串门的。

正当唤河一筹莫展之时，街上突然响起了一阵锣声。这是胡大肚子家的那一面破锣，锣面缺了一角，敲起来就跟驴叫一样难听，但却出奇地响，总能把镇子上所有的人家都给招呼到镇公所的那个大破院子里去。

唤河听到锣响挺高兴，心想妈妈不管在哪里，都得去镇公所集合了，自己就去那里找她好了。

谁知刚兴冲冲地跑到镇公所，唤河就一下子掉进了冰窟窿！他一眼就看见妈妈被五花大绑着跪在院子前面的台子上。"妈！"他下意识地大叫一声，接着就疯了一样地想要穿过人群冲到台上去，但却被几个大人给死死地摁住了。他拼命挣扎，可是根本就动弹不得。这时镇公所大院已完全被恐怖所笼罩了，那几个大人虽然在竭力摁住唤河，但却都憋着劲儿不敢出声。而唤河也顾不上喊叫，只管用上所有的力气，闷着头左冲右突。于是，这一刻就像电影里的默片一样，镜头里的人都在用着力，却听不到一点儿动静。

唤河的头颈脊背和胳膊腿，都被几只大手牢牢地扼住了，这使得他终于松懈下来，知道挣扎是徒劳的。于是他只能发出嘶吼了："妈！妈！"但他只喊出了这么两个字，嘴巴就被一只手给紧紧地捂住了。

这是一只带着脂粉香气的少女的手。"唤河，乖，听话，你听话。"是胡小梅，她的声音里透着恐惧，已带上了一丝哭腔。

天已黑透，几盏煤气灯照出了一片惨白。

　　胡大肚子哆哆嗦嗦地爬上台子："乡亲们，咱朝阳堡镇，咳咳，出了个'大米犯'，咳咳。大米犯，就是，就是私藏大米的那个、那个罪犯。下面，下面请那个，请那个翻译官，给大家讲讲，讲讲大日本皇军的军法。"

　　狗翻译从台子上那一排黄鼠狼身后闪了出来。冬夜的寒风把他那两只红眼睛吹得更红了，让人疑心只要轻轻一碰就会流出脓水来。他先是卖力地鼓吹了一番"大东亚共荣圈"，然后就进入了正题："大米犯，是皇军坚决不能允许的！皇军说了，必须死啦死啦的！你们镇上这个沈家的老娘们儿，大家都看到了吧？她竟然敢私藏大米！怎么着，那位问，皇军怎么知道她私藏大米的？告诉你们吧，皇军给她灌了臭胰子水，让她把吃的东西都吐了出来。大米，白花花的大米，这娘们儿都吐出来了，有半斤还多！"

　　啸河妈跪在地上，一动不动。若不是寒风不时撩动着她额前的一绺头发，那她简直就和一尊雕像一样了。从日本子给她灌下臭胰子水的那一刻起，她就知道自己活不成了。罗先生走后，她有一次去三顺家串门，听三顺爸说过，呼兰也好，依兰也罢，都有好几个老百姓，被日本子当成"大米犯"杀了。然而她到死也不能相信，自己只是从田鼠洞里挖了一些大米，就犯了死罪！这还有没有王法啊？也是，自打日本子来了就没有王法了，他们手里那黑洞洞的枪就是王法，他们腰上的锃锃亮的刀就是王法。

一个黄鼠狼走到啸河妈身后，把一个写着"大米犯"的木牌插在她背上。啸河妈打了个寒战，心知最后的时刻来了。她仰起脸来，看了那昏惨惨的煤气灯一眼，接着就把目光投向人群，大声喊了起来："唤河！唤河啊！去找你哥……"

台子下的人群静默着。啸河妈的叫喊真真切切地传到了唤河的耳朵里。他觉得心里痛死了，猛地向前一冲，挣脱了那几只大手，但接着就又被另外几只大手给牢牢地拽住了。

"妈！——"唤河只来得及从胸腔深处发出一声嘶吼，就看到妈妈一头栽倒在了台子上。

在煤气灯投下的光晕正中间，黄鼠狼军曹戴着雪白的手套，把手中的手枪举到了眼前。他要让全朝阳堡的人都记住，沈嫂就死在他这把枪下，要让他们从此见到日本军就害怕。他轻轻地吹了两口气，把枪口缭绕的青烟吹散，随即脸色一凛，呜里哇啦地吼了几句日本话。

狗翻译弯着腰站在一旁，垂着手听着。等主子嗷嚎完了，就轮到他出来狂吠了："皇军说了，这个沈家的老娘们儿是罪有应得！大米，只有皇军才能吃，只有日本人才能吃！中国人只配吃高粱、玉米！以后这朝阳堡再有人敢私藏大米、白面，就会和她一个下场！皇军有的是枪子儿，大不了把你们全朝阳堡的人都杀了！都听明白了吗？"

全场沉默，只有一缕北风怪叫着飘过。黄鼠狼军曹满意地扫视了一番，收起手枪，做了个收队的手势。

黄鼠狼们的皮鞋咔咔作响，煤气灯灭了。

漫天星光下，人群骚动起来。唤河只觉得心胸之间气血奔涌，喉头一阵阵发紧。这时的他已是六神无主，猛一使劲挣开拽着他的乡亲们，拔脚就向台子上冲去。

"妈——"他撕心裂肺地吼着，扑到妈妈身上号啕大哭。

胡小梅跟了过来。她不停地摩挲着唤河的肩背，试图给他安慰，自己却也忍不住抹起眼泪来了。

几位大娘颤巍巍地爬到了台子上。她们呜呜咽咽地哭着，为啸河妈擦脸、理衣服。后来，三顺爸他们用一扇门板把啸河妈抬回了家。

6

接下来的几天，唤河的心和魂儿都跟着妈妈走了。

这一来，虽然被大人们带着做了好多事儿，但唤河却像完全不在场似的，脸色青白，埋着眼睛，整个人都痴痴呆呆的。他那还满是孩子气的脸颊全都皴了，裂开了一道道细小的血口子，风吹过有如刀割，泪流过更是钻心般的疼，而他却像没有知觉似的。

恍惚中，家里第二天就搭起了灵堂，哥哥啸河则是在第三天才匆匆地赶了回来。

恍惚中，啸河去呼兰城里买了一口薄薄的棺材回来，和他一起把妈妈抱了进去。

恍惚中，他机械地跟在啸河身后，去了呼兰河畔那座灰扑扑的河神庙，跪下来喃喃地念叨着报了庙，祈愿河神老爷能收下妈妈的魂魄。

恍惚中，三顺妈和胡小梅连着几个晚上都来过，跟他说了很多话，他却一句也没回。

恍惚中，在给妈妈出殡的那天早晨，啸河狠狠地熊了他一顿，骂他没出息，只知道哭鼻子。

在这些恍惚的时刻，唤河宁愿脸皴到血肉模糊，宁

愿被哥哥恶声训斥，只求能让他始终保持沉默。虽然事
情已过去了好几天，但在他那小小少年的心灵深处，还
是无法接受妈妈的死。他拼了命想要拒绝眼前的一切，
仿佛这样他就可以回到出事之前，依然过着无忧无虑的
日子。

　　直到给妈妈做完头七、要离开呼兰的前一天晚上，
唤河才从恍惚中醒了过来。

　　当晚，啸河带着他去了三顺家告别。三顺爸和三顺
妈看到兄弟俩来了，忙招呼他们坐下。可是坐下之后，
大家都不知道该说什么好了。三顺妈蹲在灯影里，想要
把火盆吹得旺一些。不知是不是被烟熏着了，她突然就
流泪了。"唉，唤河这孩子的魂儿丢了，不知道啥时候
才能回来哩。"三顺妈说着，轻轻地把唤河揽到了怀里。
唤河任她揽着，愣怔怔地盯着火盆里烧得正红的松木疙
瘩。

　　"老娘们儿知道个啥？净瞎咧咧。"三顺爸瞪了三
顺妈一眼，伸手把唤河拉了起来："来，唤河，跟我来！"
他牵着唤河的手，转身掀开了里屋的门帘，"你看看，
炕上躺着的是谁？"

　　里屋没有点灯，外屋的灯光透过门帘照进来，在墙
上印出了一块白。靠墙躺着一个细瘦的人影。这人影意

识到有人进来了，艰难地把头转了过来。唤河下意识地瞟了他一眼，禁不住脱口而出："大娄子，你回来了？"

唤河没有认错，的确是三顺。不过他变化太大了，不光比秋分那会儿黑了瘦了，而且身上原来有的那股子劲头儿也一点儿都不见了。见到好朋友，三顺非常激动，张嘴想要说些什么，可费劲地扯了半天嘴角后，还是只吐出了两个字："老歪。"声音很小，几乎是微不可闻。

"大娄子！你知道吗，我妈死了，我妈死了！我没有妈了，呜呜呜……"唤河一屁股蹲在地上，双手抱着头大哭起来。那埋在他心底的悲伤，直到这时才随着哭喊喷薄而出。

"好了，好了，唤河这孩子的魂儿回来了。"三顺妈抹着眼泪，冲着啸河笑了。

啸河点点头："唉，唤河还小，我妈这一走，他怎么能受得了……"这么说着，啸河心里一酸，只觉眼泪就要跟着涌上来了，连忙转移了话题："婶子您瞧，唤河和三顺这感情，比跟我这亲哥都亲啊！"

三顺妈随口应道："嗨，还不是因为你这几年回来得少。以后你们兄弟俩到了哈尔滨，见天在一起，感情自然就深了。"

"嗯。"啸河答应着，伸手拿起拨火棍，拨了拨火盆里的火。松木疙瘩里头还有点儿湿，烧着烧着突然蹦出几个火星儿，随之冒出了一股白烟。啸河被呛得接连咳了几声。为避开白烟，他只得直起腰转过身来。三顺妈示意他把拨火棍递给她，他照做了，跟着问道："三顺这也回来两天了，还起不来？"

"唉，哪里就能那么快？肋骨，还有腿上的骨头，断了好几根。人说伤筋动骨一百天，怎么也得躺上三个月。能活着回来就算他命大……"三顺妈擦擦眼睛，心里半是心疼半是庆幸。

三顺爸揽着唤河的肩膀，从里屋走了出来："啸河你不知道，小日本子太昧良心了！那煤矿，不是人待的地方！我要是再晚去一天，你三顺兄弟的这条命就交代了。"

"我知道！我听我们报社的记者先生说过：'要吃煤矿饭，就得拿命换，井口就是鬼门关，十个下去九不还。'三顺他还是个孩子，现在还能活着回来，就是您和我婶子烧了高香了！"啸河说着，使劲儿搓了搓手。

三顺爸装了一袋烟，就着火盆点着了，深深吸了一口后，沉声说道："唉，日本子太不是人了！你们报社的记者先生知不知道？我亲眼所见：有个老矿工拉肚子，没法起来干活，日本子就把他扔到了'万人坑'里！很多人都跟他一样，是活着给扔下去的，到晚上就被野狼吃了。三顺这次就差点儿……"

唤河蹲在火盆旁边默默地想着什么。他脸上的泪痕已干，眉眼间挂着一丝恓惶，原本白嫩的脸蛋儿又黄又糙，看上去就像个冻梨。吃过冻梨的人都知道，它的样子虽然还是个梨，可那皮肉都已完全变了，吃起来也和梨是两个味儿了。正如严寒彻底冻透了梨儿，丧母之痛也彻底伤透了唤河。

唤河还需要很长很长时间才能走出来。但眼下三顺的遭遇刺激了他，使他暂时放下了妈妈的死。"哥。"他抬起眼定定地看着啸河，叫了一声。

"怎么了？"啸河一点儿都不想搭理唤河。他心里对这个弟弟有怨气，嫌他没用，没能保护好妈妈。这时他还没有意识到，他其实更恨的是自己，唤河不过是被他拿来当了替罪羊罢了。唤河还小，当然保护不了妈妈，能保护妈妈的那个人是他，而他却不在妈妈身边，就连妈妈前段时间几次托人给他带信，他也都因为种种原因没有收到，没能及时回信。

几天前，正是出于这种深埋内心的自责，啸河粗暴地将特意来看他的胡小梅一把推出了家门。当时他心里想的是：我沈啸河这就满十八岁了，是个大男人了，难道还用得着你来可怜我？反倒是胡小梅通情达理，倚在门口说道："啸河，我知道你心里难过。可你是当哥哥的，得有个哥哥的样儿啊！婶子临走时交代过唤河，让他以后就跟着你。"说完她就转身走了，留给啸河一个无比落寞的背影。啸河心里一动，想要叫住她，却只是叹了口气，没有开口……

"哥，罗先生临走时说了：国家兴亡，匹夫有责。"唤河隔着火盆望着啸河，眼睛里跳动着火苗。

"嗯，罗先生说得对。咱们和日本子不共戴天，这个仇早晚要报！"啸河拿起火盆旁的斧头，重重地剁在了一块木头上。

"哥，罗先生还说：君子报仇，十年不晚。"唤河说着站起来，转身又去了里屋。这些话都是罗先生让他带给三顺的，他得带到。

7

第二天是腊月十五。由于这一天要赶回哈尔滨销假、上班，啸河一大早就起来了。他先是麻利地生火做好了早饭，然后把唤河从睡梦中揪了起来。

兄弟俩刚洗完脸、吃过饭，三顺爸就赶着一辆两轮马车来到了他家门口。

"老卢叔，您就是赶着它去的依兰煤矿？"啸河打量着马车问。

"是啊，别看咱这车破马瘦的，一天能走上百里地呢！我把你们兄弟俩送到呼兰车站上，你们坐头班车去哈尔滨，包管不耽误事。"三顺爸正了正他那大耳狗皮帽子，挥动手里的短鞭儿，甩了个鞭花。

唤河进屋去搬行李了。他昨晚收拾了三大袋子，把自己的国语课本和作文本什么的都带上了。当他爬上马车后，才发现车上到处都潮乎乎的，就随口嘟囔了一句："咦，咋这么湿呢？"

"傻小子，这是清晨下的霜啊！瞧你大惊小怪的，从来都没这么早出过门吧？"三顺爸已端坐在马车前头，整装待发了。

"哦哦，大冬天也有霜啊！"唤河感叹着，从怀里掏出一封信来递了过去："老卢叔，这是罗先生写给三顺的，您帮他收着吧。罗先生还让我给三顺捎几句话，我昨晚都跟他说过了。"

"好，我回来就给三顺，你放心。要说罗先生走的那天，也是我赶着马车把他送到呼兰车站的，也不知他现在到北平了没有？他识文断字，有文昌星保佑，一定会平平安安、顺顺利利的。"三顺爸看了一眼那封信，很是郑重地塞进了贴身的衣袋里。

啸河锁好大门，把一个布口袋很小心地放到马车上，跟着爬了上来："老卢叔，咱走吧！"

"好嘞，嘚儿驾！"三顺爸甩了一下鞭子，那匹瘦骨伶仃的大黑马便迈开了步子。

"这里头装的是啥宝贝啊？"唤河好奇地伸手捅了一下那个布口袋。

"啥宝贝？给老卢叔的！你看看你，这就又惊动你了？我可告诉你，唤河，到了哈尔滨以后，不该你问的别问，不该你管的别管！要不然捅出娄子来，说不定你这小命就没了，到时候我可护不了你！"啸河没好气地抢白了唤河一顿。

"得得得。"唤河答应着。可过了一会儿后，他还是趁着啸河不注意，悄没声地解开了布口袋。

只见里头装了半口袋混着大米的高粱米，中间埋着两根老黄瓜，都得有小腿肚子那么粗。

"咦，这黄瓜，哪里来的？"唤河只知道家里还有些粮食，没想到还有这玩意儿，不觉睁大了眼。

“哪里来的？还能是偷的、抢的吗？是咱妈埋在地窖子底下的，给明年留的黄瓜种。”啸河瞪了唤河一眼。

三顺爸侧过头来看了一眼，叹气道：“也真难为你妈了，种出了这么大的老黄瓜。她这是去那边享福去了，你们放心，等明年夏天我替她种上。”

“叔，不种了，这是给三顺兄弟的。我妈活着的时候说过，这老黄瓜的种子能治跌打损伤、骨折筋断。您回去让我婶把它的种子剖出来，炒熟了，碾成粉，每天给三顺喝上一些，能让他好得快一点儿。”啸河说着，把布口袋扎好了。

“噢，那敢情好！等我回去就给他整。”

天太冷了，三顺爸和啸河说着话，一张嘴就哈出一股子白气儿来。唤河吸溜了一下鼻涕，有点儿不舍地回头望了一眼越来越远的家门。

两轮马车拐上了通往镇子口的大路，唤河看不到家门了。他收回目光，抬头望了一眼鸭蛋青的天空，蓦地想起了一件事，就脱口说了出来：“哥，老黄瓜种确实好使！我记得那年咱妈买了两只小鸭子，有一只被我不小心踩了一脚，腿给踩断了。咱妈当时就是喂它吃了几天老黄瓜种，后来真就好了呢！”

“是吧？别以为我不知道，你个老歪，啥叫不小心踩了一脚？你明明就是故意的！"啸河用嘴角弯出了一个嘲讽。

"哥，你冤枉我！我哪有故意踩它啊？我……我是走道没走稳当……"唤河急了，想要辩解一番，但看见啸河脸上浮现出了大大的不屑，就知道说啥也没用了，便识相地闭了嘴。

老马拉着马车走出了镇子口，沿着河岸边的堤坝朝县城赶去。正值隆冬，一眼望出去，呼兰河上下都已被冻住了，水浅处全冻成了冰坨子，泛着白灿灿的光，水深处却还是一派黑沉沉——那冰层之下的黑水还在有力地向前涌动着。

啸河塌腰缩脖地坐在车斗子里，故意背对着唤河。唤河并不在意，只顾四处打量着，想要再看一眼妈妈的坟。过去的一个星期，出殡、上三日坟、做头七，他跟着啸河去了好几趟坟地，可是由于精神恍惚，他一直都没有弄清妈妈是葬到了镇东还是镇西。

"老卢叔，我妈的坟在哪儿？"唤河看了半天也没找到那座新坟，只得开口问三顺爸。

"傻小子，你妈葬在镇西头那一片'菠藜蓊子'旁边了。咱这是朝东走，越走离她越远了。"三顺爸说着，回过头来看了一眼唤河，"没事，等明年你妈的忌日，你们哥俩就得回来给她上周年坟了。"

"嗯。"唤河埋着眼睛，想要把已涌出眼眶的泪水挤回去。可是没用，眼泪太多了，他连忙伸手去擦，生怕被啸河看见又要骂他没出息。

为了分神，他努力地回想着那一片"菠藜翁子"——那是栎树的幼林，却怎么也想不起来了。于是他就伸长脖子往远处张望了一番，想要让马车带起来的风快快把脸巴子吹干。

天光现出了黎明的石青色。天上挂着一轮月亮，圆圆的，淡淡的，黄乎乎的。唤河盯着它想，它像个啥呢？对了，像一个纸钱儿，一个被送葬的人随意抛撒出去的纸钱儿。他正想着呢，突然发现那纸钱儿下面多出了一抹鲜艳的红色，定睛一看，原来是个穿着大红袄的人，正沿着河神庙前的小路从斜刺里插到堤坝上来。

"哥！"唤河大叫，"你看，是胡小梅！她来送你了。"

"你胡咧咧什么？"啸河嘴里骂着，脊背却一下子挺直了。

胡小梅到堤坝上来了。她站定了脚，热辣辣地向这边张望着。啸河还没想好该说什么，三顺爸已把马车稳稳地停在了胡小梅的身旁。

"老卢叔好！"

"小梅啊，这天儿冷飕的，你这是要干啥去啊？去城里？"

"我不去。我来……我来送送，送送啸河。"胡小梅红着脸低下了头。

啸河却根本不买账："得了，我是你什么人啊？咱俩犯不着扯啥里格楞儿，你快回去吧。"

"你拿着这个。"胡小梅埋下眼睛，递过来一个包袱。

啸河不接。唤河替他接了过来。

马车随即缓缓地驱动了，胡小梅跟着小跑了几步，看样子还想跟啸河说点儿什么，可终究什么也没说。直到马车走出好远好远了，她还是站在那儿目送着。荒寒的黑土地上，只有那一座孤零零的河神庙陪着她。

"哥，看小梅姐多稀罕你啊！"

"别胡咧咧，她算老几啊？"

"嗨，我觉得小梅姐就是脸上麻子多了点儿，人其实挺好的，心善，可会疼人了。你要是能给我娶这么个嫂子，就好了。"唤河想起了胡小梅这阵子给他的温暖，心里不由得滚过一阵感动。

"去去去，你不知道她爹是胡大肚子吗？好人能改名叫尻子玉一郎？那个恶祸的种能好了？爱娶你娶去！"啸河有点儿恼了，抬起脚踢了唤河一下。

　　"啸河！"三顺爸甩了个脆亮的鞭花儿，慢悠悠地插话了，"她爹是她爹，她是她。你可不能好赖不分。"

　　啸河不说话了。一阵剪刀似的旋风从背后吹过来，他回头搂了一眼，然后就转过头来，盯着那个纸钱儿月亮出神去了。

第三章

高，

高，

晚云高的高

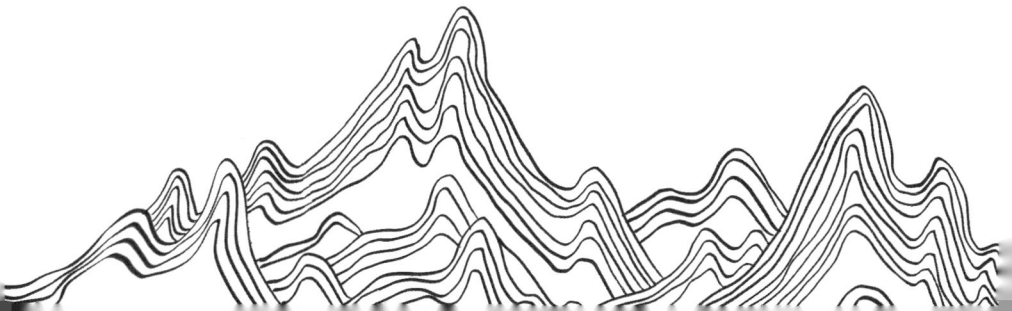

1

　　哈尔滨不愧为大东北的中心城市。唤河初来乍到，觉得两个眼珠子根本不够使的。刚到没几天，他就去洋溢着啤酒味和面包香的中央大街上逛荡过了，也去松花江畔公园的溜冰场里转过了，还去看了富丽堂皇的索菲亚大教堂。该用个啥词儿形容这里呢？他边逛边琢磨，突然想到了罗先生用来夸赞大娄子的那个词儿——"摩登"。没错，就是它了，这哈尔滨可真够摩登的，要多摩登有多摩登！

　　不怪唤河这么想，事实上哈尔滨当时的确是整个东北最国际化的都市，街面上的外国人相当多。日本人不用说，大都是五短身材罗圈腿，那副尊容是很容易分辨的，再加上得意扬扬的神态，有一个算一个，谁要是背地里骂上一句"瘪犊子日本鬼儿"，准不会冤枉了他们。

此外就是来自苏联的俄罗斯人，他们无论男女都身材高大，蓝眼睛，黄头发，大鼻头，身上的衣服都板板正正的，走起路来个顶个儿的腰板挺得笔直。唤河觉得俄罗斯男人最带劲儿，他见他们大都留着毛糙糙的胡须，身上手上也都长着浓重的体毛，心说怪不得大家都叫他们"老毛子"。这里引人瞩目的还有一种较为特别的外国人，他们脸型窄瘦，眼窝深陷，大都一脸愁苦，鼻子和俄罗斯人很像，但眼睛和头发却都是黑的。啸河悄悄地指给唤河看过，说他们都是从德国逃难过来的"犹太佬"。

唤河之前到过最大的地方是呼兰城，那里众多的店铺已经让他目不暇接了，如今到了哈尔滨，就觉得呼兰城瞬间成了大巫面前的小巫了。这里有很多店铺是他以前压根儿就没有听说过的，比如海鲜行、南茶铺、啤酒屋、咖啡店、面包房、广告社、印刷厂……

啸河在报社当排字工，原想着让唤河也到报社里打个杂，结果人家管事的说不缺人手，这一来就抓瞎了。兄弟两个挤在啸河租住的那间地下室，每天都睡在一张床上，房租倒是不用多拿，可两张嘴都得吃，啸河一个人可挣不来。唤河懂事，看看没办法，没过几天就跟着一帮孩子到哈尔滨码头站捡煤渣子去了。别看唤河是个新手，架不住人勤快，每天倒也能捡个小半筐，卖给煤栈，换回几个铜子儿来。

那帮孩子中有手脚不干净的，免不了会弄点儿小偷小摸。也有那没骨气的馋鬼，见了老毛子就跟上去，伸手讨要面包、糖果。唤河哪里看得上这些，宁肯每天只啃黑窝头，也绝不去干那种下三烂的事。

啸河一开始还有点儿担心，生怕唤河在那种环境里学坏了，留心观察了一段时间，发现这小子虽然年龄小，但骨子里很有主见，遇上事也很有数，慢慢地也就放心了。

唤河就这样跟着啸河在哈尔滨待下来了，当然，还远远谈不上扎根。大都市的路面不比乡下，都是水泥柏油的，想要扎下根去可没那么容易。说起来啸河在这里都待了五年多了，那不也还跟一叶浮萍似的。

到了大年夜，兄弟俩把身上的钱全都凑起来，总算吃上了一顿饺子。这在那年月就算混得不错了！可眼见这个年过得巴巴结结的，啸河心里终归还是有些意难平。唤河却不这么想，他心里很知足，觉得只要能跟哥哥在一起，甭管怎么着都好。

2

转眼到了 3 月底，唤河来到哈尔滨满两个月了。松花江上的冰层已开始融化。唤河去码头火车站捡煤渣子时，总能看到有人在江边钓鱼。

一天晚上临睡时，唤河跟啸河说起白天的事，说他看到一个人钓上来一条老大的鱼，叫"七粒浮子"，可比呼兰河里的七星鱼大多了。"哥你说，拿大酱一炖，是不得贼拉好吃？铁定的！"说到这里，唤河禁不住流出了哈喇子。也是啊，自打过完年，兄弟俩这一个半月几乎顿顿都是黑窝头就咸菜棒儿、蒜瓣儿，偶尔能吃上个水煮白菜就算打牙祭了，要是能吃上一条鱼，那还不得美翻了！

啸河被唤河的那副馋相给逗笑了，接着就有了主意："钓鱼我会啊！还是小时候咱爸教我的。我听报社同事说，松花江里的鱼很傻，估计能比呼兰河的好钓。得，咱这就动手做个鱼竿，等星期天歇班我就带你钓鱼去！"

"太好了！"唤河听了，就地来了个一蹦三尺高。他掰着指头算了算，等到星期天那就是 4 月 1 号了。

正当春寒料峭，江风又大，兄弟俩身上衣服单薄，

到了星期天这天，他们虽然一早就起来了，但没敢太早
出门，直等到太阳升到三竿子高，才兴冲冲地拎着鱼竿
奔到了江边。

"就是这儿！"唤河指着江堤下的一片水域，对啸
河说。他的意思是前几天别人就是搁这儿钓到大鱼的，
没想到说话声音大了点儿，引来了附近好几个钓鱼人的
白眼。唤河不好意思地吐吐舌头，收了声。

"得，这片江面鱼儿挺欢实！"啸河转悠了一圈，
找好了地方。唤河跟过来，蹲下身子，帮着哥哥朝鱼钩
上挂饵。天气还太冷，地里挖不到蚯蚓，他看到别人都
是用螺蛳做鱼饵，这几天就也到江边的烂泥里去挖，好
不容易才挖到了十来个。

啸河刚把鱼钩甩出去，一个戴鸭舌帽的大哥哥就走
了过来："小伙子，帮我看会儿竿吧？我去买包烟。"
他说完抬手指了指十来步外，那里架着一副亮闪闪的钢
制钓竿。

唤河嘴快："您要买烟啊？把钱给我我去给您买呗！
要不您一走，要是正赶上有大鱼咬钩，我们可拉不上来。"

鸭舌帽大哥哥也就二十来岁，身上裹着一件粗纺呢
子大衣，脚蹬一双高筒的翻毛靴子，看上去很有气度。
他听唤河这么说，哈哈一笑，随手掏出一张钞票递了过来：

"去吧，要一包哈德门！"

唤河接过钱就要朝中央大街跑，却被啸河一把拽住了，接着就见啸河恭恭敬敬地朝鸭舌帽大哥哥鞠了一躬："金先生好！"

"咦，你是……"对方挠了挠头。

"金先生，我是排字部的小沈，沈啸河啊。"

"哦哦哦，你是小沈啊！咱们在报社没少见面吧？我看着你面熟，可一下子对不上号。怎么，你们也来钓鱼啊？"

"嗯嗯，听说开江了，能钓上来'七粒浮子'。"啸河答应着，扭了唤河一把："快给金先生问好！金先生是咱报社的副刊主编，大笔杆子呢。"

"金先生好！"受罗先生和啸河的影响，唤河素来对"摇笔杆子的"充满尊敬，这一躬鞠得够实在。

"小家伙你好！"金先生抬手碰了碰帽檐儿，煞有介事地向唤河还了个礼。

唤河心想这人可真有意思，嘴上却不敢说。他俏皮地冲哥哥扬了扬手里的钞票，转身跑走了。

十来分钟后，唤河买了烟回来。他怎么也没想到，自己竟然就这么找到了工作！

原来，那位金先生名叫金剑啸，在报社当副刊主编的同时自己还开办了一家广告社，刚才见唤河那么机灵，他心里已经生出了欢喜，问了啸河后知道这孩子今年满十岁了，以前上过学，现在却只能去捡煤渣子，心里就又多了一丝怜悯。正好广告社缺人手，他便当即决定让唤河来社里干。

于是，从唤河手里接过香烟和找回的铜子儿后，金剑啸就笑吟吟地开口了："小家伙，你是叫沈唤河吧？明天就到天马广告社来上班吧！当个小打，学徒工，工资给你按整劳力的一半开，行不？"

"啊，天马广告社？就是中央大街街口那个？有三层楼呢！您是老板？行行，太行了！哥，你说，是太行了吧？"唤河有点儿懵，说起话来都颠三倒四的了。这也难怪，他几乎每天都会路过那气派的天马广告社，从来没想过有一天自己竟然会成为其中的一员。

"哎呀，还不快谢谢金先生！"啸河一听也激动得不得了，这可真是雪中送炭啊！

兄弟俩齐刷刷地又鞠了一躬。

"嗨，你老兄这是在钓鱼吗？鱼咬钩了都不管！"一个高大的青年人高声嚷着，大步跨了过来，一把抓起了金剑啸的鱼竿。他穿着一件俄式短外套，皮领子翻在外面，故意露出一截里边穿的哥萨克式衬衫。

"慢慢慢！别把鱼给惊跑了。"金剑啸压住他的手，两个人合力起了竿。嚯，他们运气真不错，钓上了一条两斤多沉的大鲤鱼。

"萧先生好！"啸河对着来人又是恭恭敬敬地鞠了一躬。唤河有样学样，也跟着鞠躬问好。

"萧军，你不认识他吗？他是排字部的小沈，这是他弟弟。"金剑啸笑呵呵地说。

"小沈我认识啊！哎，我上次教你那一招，你练好了没？"萧军大大咧咧的，说完竟然直接伸胳膊拉腿地比画起来了。

"练了练了！黑虎掏心，嘿嘿。"啸河放下钓竿，站起身来跟着拉了个架子。

"萧军，你说你啥时候能长大呀，都快三十的人了，整天就知道瞎闹！"江堤上站着一位娇小玲珑的女士，冲着萧军嗔怪道。

唤河早就注意到她了。她穿一件阴丹士林布裁的蓝棉袍，戴着一条粗毛线织的红围巾，圆脸庞，大眼睛，细眉毛，整个人白白净净、清清爽爽的，看上去像个大学生。

"哟，萧红也来了！你们俩这是要联合起来，打我这大鲤鱼的主意吧？"金剑啸朝她挥了挥手，开起了玩笑。

"金先生好雅兴！我和萧军好口福，见面分一半，
您这鲤鱼今天是跑不了了。回去我收拾，保准炖得美美的，
外加一锅鲜鱼汤，够你们哥俩喝二两的。"这位女士一
开口，唤河就听出来了，她应该也是呼兰人，说话带着
呼兰味儿呢。再加上她的神情又端庄又温润，让人一见
就没来由地觉得亲切。

"好好，那我们哥俩就等着品尝你萧大厨的手艺
了！"金剑啸掏出烟来，和萧军各点了一支。

等到萧红也下到江边来，金剑啸便把唤河介绍给了
她："瞧，我给你招了个小同事。他叫沈唤河，和你是
呼兰老乡。以后他就跟着你吧，给你当个小打。"

"哟，小老乡，小老弟！十几了？跟我干活，保你
不累。"萧红笑嘻嘻地说着，抬手就弹了唤河一个脑瓜
崩。这是呼兰人常用来表示亲昵的举动，听着挺响，其实一
点儿都不疼。唤河嘿嘿一笑，大着胆子直直地看了萧红
一眼，觉得她比小梅姐要漂亮多了，也大方多了，心想
以后跟她一起干活，肯定会特带劲儿。

3

金剑啸和二萧走后，啸河和唤河再也按捺不住心里
的高兴了。哥俩都是嗷嗷直叫，又蹦又跳。

"唤河，亏得你要来钓鱼！你说说，咱们的运气怎
么就这么好！"

"是啊，哥，我做梦也没想到会遇到金先生这个大
贵人，亏得你认识他！"

"嘿嘿，更亏得你够机灵，金先生是看中你给他买
烟的那股劲儿了！得了，这下子好了，咱哥俩以后逢年
过节保准都能吃上饺子了！"

说到这里，啸河突然红了眼圈，一转身冲着正北方
的呼兰扑通一声跪了下去："妈，爸，你们都放心吧，
从今以后，唤河再也不用捡煤渣子了，要去广告社当小
打了！我们哥俩这回铁定能吃饱穿暖了……"

唤河在一旁听着，终于没能憋住眼泪，忙伸手擦了
擦，跟在哥哥后面跪了下去。在寒风中捡了两个多月的
煤渣子，他的那双小手早已粗糙不堪，手背全都皴得起
了鳞，又红又肿，右手食指和中指的关节处还长了冻疮，
结着青紫色的痂。冻疮并不疼，就是痒得难受，好在一

点儿也不耽误干活，他也就从来都没当回事。其实自打来到哈尔滨，唤河就从没觉得日子有多苦，相反，能够和哥哥在一起，每天都在光怪陆离的都市里逛荡，他还觉得挺乐呵的。这会子啸河这么一叨念，唤河才反应过来，敢情自己老到码头上捡煤渣子，哥哥心疼着呢！

唤河这样想着，心里默念道："妈，你地下有知，有我哥照顾着我，你就放心吧。你等着，等我长大了，一定会找到那个瘪犊子黄鼠狼军曹，给你报仇！"

一阵东风吹过，吹皱了一江春水，吹得唤河手上的疮疤痒痒的。极目望去，位于江心的太阳岛已隐隐有了一层绿意。再寒冷的冬天也会过去，即使是在这片苦难深重的黑土地上，春天还是该来就来了。

啸河直直地跪着，眼睛望着对面的太阳岛，心却早已越过那里，飞去了更北边的呼兰朝阳堡，飞到了爸妈的坟前。

唤河也直直地跪着，想着心事。他想到了送妈妈出殡那天，由于妈妈死于非命，按山东老家传下来的规矩，作为孝子的他送葬时得在腰间插上两把大斧头。当时他还不到十岁，那两把大斧头是那样的沉重，坠得他的腰老是不由自主地朝下弯，可他心里知道，再艰难他也得跟在棺材后面往前走。

他不知道的是，他就是从那一刻起长大了。

这世界那么多人，其实谁都不是慢慢长大的，而是在某个瞬间突然长大的。只是绝大多数人在那样的瞬间都不会意识到这一点，要到很多年后回头再看时才会蓦然想明白。

唤河怎么也想不起来那两把斧头的样子了，转而想到明天就要去天马广告社上班了，可瞧瞧自己这身破衣烂衫，要是一手提一把板斧……这么想着，他伸出两手一比画，随口就说了出来："哥，你瞧我这样儿，像不像戏里的那个黑旋风李逵？"

啸河扑哧笑了，站起身来一把将他拉了起来："唤河，啥李逵不李逵的？你是去广告社上班，又不是上梁山！瞧你这小脸巴子，谁能想到，从明天开始，你也是这城里的工人了！得，晚上咱就去夜市，给你买身衣服去。"

"嘿嘿，还得是我哥！对了，哥你说，大娄子他肯定想不到我能当上工人吧？"唤河的眼睛里闪着晶亮的光。

"嗨，他能想到啥？叫日本子抓去挖煤矿，那可不能算是当工人。"

兄弟俩正热络地说着，就见有个老大爷扛着一架子红红绿绿从堤岸上走过，留下了一串叫卖声："冰糖葫芦！

嘎嘎甜的冰糖葫芦来！冰糖葫芦！"

唤河望了一眼，忍不住吞了一口口水。啸河亲热地捅了他一拳，接着从裤兜里摸出两个铜子儿："给，去买两串，要最大的！"

哥俩美滋滋地吃完了冰糖葫芦，看看太阳已经偏西，打算收竿回家了。虽然没能钓到鱼，但唤河意外地得到了一份工作，这收获已然远远超出兄弟俩的期望了。

谁料他们正要收竿时，有鱼来咬钩了——是一条超级大的"七粒浮子"，足有三斤沉！这可把哥俩给乐坏了。

这条"七粒浮子"嘴上有须，体无鳞片，梭形的身子长着五条骨棱，外皮又细密又厚实。明眼人一看就知道，这种鱼可要比普通的鲤鱼、草鱼等名贵多了。唤河把它丢进盛煤渣子的破挎篮里，挎上走在回家的路上，心里别提有多美了。一路上，他有好几次故意往人多的地方走，就为了听听路人的赞叹：

"哟，这么大一条'七粒浮子'啊！"

"啧啧，这鱼可真肥实，油汪汪的！松花江里钓的吧？"

"瞧这小子，真够走运的！"

4

回到家后，兄弟俩拾掇了好半天，炖了满满一大锅鱼。俩人难得打牙祭，专门到街上买了一屉黏豆包回来，就着鲜美无比的酱炖"七粒浮子"，都吃了个肚儿圆。

随着夜色弥漫开来，街灯次第亮了。啸河收起碗筷，兴冲冲地拉着唤河出了门。

那年月每逢周六、周日的晚上，中央大街都会开夜市，虽然规模和现在没法比，但那股热闹劲儿还是挺让人上头的。不光有好多中国小贩出摊卖东西，也有不少外国人来凑热闹的。唤河之前来逛过，见过卖马灯和首饰盒的老毛子，也见过卖铜丝鸟笼、旧邮票和臭尿壶的犹太佬，他心说这可真是小刀拉屁股——开了眼了，敢情在他们看来什么都能拿来卖啊。

大街上熙熙攘攘，叫卖声不绝于耳。路过卖冻梨的摊儿，唤河眼巴巴地盯着，很想买一个吃。吃了一肚子鱼肉，正有点儿腻得慌，这时要是能吃个冻梨，那该多爽气啊！啸河也看到了那些泡在冷水里正在往外"表"冰的冻梨，何尝不知道它们的滋味？可摸摸裤兜里那几张有限的钞票，他也只能狠狠心装没看见，自顾自地朝前走去了。

　　卖衣服的摊位有十来个，都集中在中央大街的中段以南。啸河带着唤河走过去，挨个摊位都走了一遍，但却只看不问价。别看他才刚满十八岁，但在城里待得久了，早已有了一种远超年龄的沉稳和老练。表面上他是在漫不经心地瞎逛，实际上始终在全神贯注地观察着：斜对面那个摊位上的衣服料子好、样式新，但摊主一副爱搭不理的样儿，估计要价会很高且不好讲价；右手边这个摊位上的衣服都是老土布的，谈不上啥样式，但穿在身上抗造，适合那些干粗活的力工穿，唤河那小身板还撑不起来；这个摊位再往右，隔一个摊位过去，连着三个摊位都是卖旧衣服的，那些衣服都脏兮兮、皱巴巴的，看样子应该能便宜不少，买回去洗洗穿，老合适了。

　　又转了两圈儿后，啸河带着唤河来到了旧衣摊前，在最左边那一家旁边站住了。旧衣服不像新衣服那样挂在架子上，而是都铺在一张大草席上，大家可以随便翻检。这一家的衣服明显要比另两家的干净，而且样式也更洋气些，价钱却和另两家差不多，因此围满了人。

　　唤河挑了一条青色裤子，比量了一下，发现裤腿长了一截，心说正好，先把裤腿窝进去缝起来，长高了就放放，这样可以多穿几年。啸河帮唤河选了一件蓝灰色的学生装，让唤河穿上试了试，别说还真够帅气的！啸河把衣服和裤子都塞在唤河手里，凑到摊主面前讲价。摊主先开价，啸河嫌贵，照着一半砍价，摊主不愿意，让他再加三成。他略一思索，觉得再加一成也许就能成交了，正要开口，唤河却突然砸了一句过来："不买了！哥，咱不买了！"说完拖着啸河就走。摊主觉得莫名其妙，冲着他俩的背影骂了一句："小兔崽子，耍我呢！"

"哎，你这个老歪咋回事啊？又犯歪了！这衣服不挺好的吗？也好看，也便宜！"啸河有点儿生气了。

"哥，刚才我才看清楚，那衣服上都带着日本字儿，什么什么株式会社，我在学校里学过的。你想想，咱跟日本子有那么大的仇，怎么能穿他们的衣服呢！"唤河急急地小声说。

啸河听唤河这么说，猛地想起来一件事，也压低了声音说道："莫不是日本子的旧衣服？前几天我听萧先生说过一嘴，说有几个汉奸从日本拉了好几车皮旧货过来。得，那当然不能穿，别说还得花钱，白给咱也不穿！"

"就是，白给也不要！那些日本子、汉奸，都是些吃人饭不拉人屎的玩意儿！"

兄弟俩边嘀咕着，边踅到了最右边的那个摊位。这里全都是国货，虽然要比那些日本货更脏一些、破一些，但唤河还是挑到了一套七成新的工装。摊主穿一身古铜色的旧棉袍，是个爽利汉子，要价就没要谎，啸河不好意思对半砍了，习惯性地还了个价，双方就愉快地成交了。啸河摸出钞票，付完钱，发现手中就还剩两块钱了。摊主看到了，还想多做一单生意，就说你们别走，弯下身子到处摸，终于摸出一顶深蓝色的水手帽来，不由分说地戴在了唤河的头上："瞧，小伙子多精神！小兄弟，我告诉你，这水手帽可是海员戴的，你看多威风！我都是卖三块钱的，给你就两块钱得了！"

啸河看了看唤河，心说：嚯，好家伙，这小老弟戴上水手帽还真是立马不一样了，很有点儿广告社刷牌子工的架势了。唤河也觉得这帽子又帅气又舒服，两手捏着帽檐儿在那儿正来正去的，不舍得放下了。

"行啊，戴上帽子暖和不少吧？"啸河想到唤河手上的冻疮，更觉得应该给他买下来了，以后他要到街上画广告牌，戴顶帽子可太好啦，又挡风又遮阳。

"嗯嗯，哥，跟我一块捡煤渣子的那个小癞痢头，你认识吧？他就有这么个帽子，大伙都可羡慕他了！"唤河眉开眼笑地说着，丝毫没有考虑钱的事。

啸河叹了口气："好吧，小癞痢头没有哥，你是有哥的，得比他强！"转而跟摊主讨价还价："大叔，你看到了，我就这两块钱了，一块行吗？我们哥俩还得吃饭呢……"

　　"唉，这年头都不容易，一块五吧？得，你拿好！"摊主接过啸河的钱，找了五毛给他。

　　夜风吹过中央大街，吹过啸河兄弟俩的头脸，已是带了一丝春天的暖意。唤河头上戴着水手帽，怀里抱着工装，一颗小小的心已全都被超大的满足占据了。他没有注意到，啸河的眉头皱起来了，更不知道啸河正在为钱发愁：还得过半个月才开工资呢，五毛钱只够兄弟俩吃两天黑面窝头的，这下子又得找工友借钱了。

　　路过一个卖旧表的摊位，啸河看了一眼时间，发现已经 8 点多了："哟，都这时候了！出来买东西，高兴，时间过得就是快啊！"

　　"哈哈哈，就是啊，哥，我今儿可真是高兴坏了！要是以后每天都能这样就好了！"唤河故意把水手帽歪戴着，冲着啸河做了个鬼脸。

　　啸河伸手弹了他一个脑瓜崩，心想，唤河到底还是个孩子啊！转念又想，年前送妈妈下葬那会子，自己没少冲唤河发火，谁承想这小子倒是一点儿也不记仇，还是满心满意地跟自己亲，那自己以后也得更疼他才是。

　　"哥，你得去上夜班了！慢点儿走，溜达过去正好。"唤河提醒啸河。

啸河答应着,看了唤河一眼,帮他把帽檐儿正了过来,又想:也是,这世间我就唤河这一个亲人了,除了他还有谁能跟我那么贴心呢?胡小梅吗?

不知道为什么,他最近经常会想起胡小梅。那个憨憨的、一脸麻子的胡小梅,那个唤河说心善、可会疼人的胡小梅。

走出中央大街南口,兄弟俩要分开走了,啸河挥了挥手:"很晚了,你别乱跑,快回家睡觉吧!"说完就裹紧身上的旧大衣,朝着报社所在的东边走去了。

剩下唤河一个人,要朝西边走上半个小时才能到家。

大街上静悄悄的,偶尔会有俄式带布篷的四轮马车驶过,留下一串铃韵、一股子马气和马粪混合的腥臊味儿。啸河觉得唤河已经对这座大城够熟悉了,加上人也机灵,所以并不担心他一个人走夜路。他没想到的是,两个人刚分开不久,唤河就遇上事儿了。

唤河蹦蹦跶跶地顺着霞曼街往西走,过了通江路口,刚要拐弯,迎面就来了几个日本浪人。

他们明显是喝醉了,东倒西歪的。可就这样也不耽误他们边咿里哇啦地胡唱,边伸胳膊拉腿地乱跳,整得一个个跟跳大神的似的。唤河一看连忙朝路边躲,心想只要自己不招惹对方,这些瘟神应该也不会咋样吧。

可瘟神要是那么省事就躲开了，那就不叫瘟神了！

几个日本浪人勾肩搭背地走了过来，经过唤河身边时，走在最内侧的那个穿灯笼裤的家伙突然身子一歪，结结实实地撞到了唤河身上。唤河一声没吭，心里只祈祷着他们别注意到自己，就这么过去吧。

可那灯笼裤却不愿意了，他松开同伴，摇摇晃晃地站住脚，冲着唤河叫嚷起来："你滴，中国小孩，挡路滴干活？"

唤河低着头，不敢说话，也不敢看他。

"哼，你滴，良心滴，大大的坏了！"那灯笼裤抬手就甩了唤河一个大耳刮子。唤河只觉得脸颊火辣辣地疼，不由得暗暗地攥紧了拳头。但他知道不行——敌众我寡，这时候要是以硬碰硬，最后自己肯定会吃大亏，说不定就连小命也要丢在这里。

"冷静！冷静！小不忍则乱大谋，小不忍则乱大谋，小不忍则乱大谋……"唤河心里默念着，想起了罗先生。这句话，罗先生以前经常挂在嘴边。

这时，走在前面的几个日本浪人回过头来喊了几句什么。那灯笼裤冲他们挥了挥爪子，气哼哼地骂了一句"八格牙路"，又一把抓过唤河头上的水手帽，掼到地上，一脚踏上去，恶狠狠地踩了几下，这才喘着粗气扬长而去。

　　唤河盯着他那螃蟹似的背影，恨不得立马冲上去宰了他！

　　在呼兰，孩子们都知道，相互间再怎么打闹都行，哪怕打破了鼻子、嘴，流血了，那也不过是小事一桩，第二天该一起玩儿还会一起玩儿。但就是不能抢了人家的帽子扔在地上拿脚踩，因为那样侮辱性极强，等于是拿脚踩对方的脑袋呢！谁敢当面这么干，对方肯定要跟他拼命的。而谁要是真干了这样的混账事，都不用等对方来告，只要让家里的大人知道了，二话不说就会直接拿皮鞭子抽了。

　　"我忍，我忍，我忍忍忍！小不忍则乱大谋……"唤河慢慢地走到帽子旁，弯腰把它捡了起来。

　　那个日本浪人真不是个东西，简直比他穿的那条灯笼裤还要膈应人——他竟然把唤河的帽子给掼到了一堆马粪上。等唤河捡起帽子来才闻到那一股臭味。都这么脏了，就不要了吧？可他又舍不得，只得找了根树枝，忍着恶心把马粪都剔了下去。回到家后，他烧了一锅热水，捏了一小撮碱面儿抹上，使劲搓揉了半天，才算彻底洗干净了。

　　这事，他决定永远也不告诉哥哥。

　　而这仇恨，他将会永远记在心底。

5

哈尔滨号称冰城，这里的人对冰雪有着复杂的感情。他们喜爱冰雪的晶莹和洁净，却又讨厌乃至惧怕冰雪的冷酷无情。或许正是因为这一点，哈尔滨才成了全中国最喜欢冬天却也最盼望春天的城市。

啸河在哈尔滨待久了，已习惯了这里的季节变换。唤河刚从乡下来，还以为这里和呼兰一样，春天会恋着田野里的庄稼和到处飞舞的蜂蝶，逗留上两三个月，没想到受城市热岛效应的影响，哈尔滨的春天几乎成了全世界最短的春天：三月底开春，刚到四月中旬，整个城市就好像要进入夏天了。

天马广告社楼下的啤酒屋和咖啡厅，都在门外摆上了桌椅。经常有绅士淑女端坐在那里，或小口啜饮咖啡，或大口猛灌啤酒。街上的那些日本小孩，也都齐刷刷地换上了背心短裤，动不动就跑到犹太佬开的冷饮店去，你一根我一根地买马迭尔冰棍吃。

那马迭尔冰棍一般中国人是吃不起的，一根就要一毛钱，够买三个黑面窝头的了。连啸河都说，他在城里待了这么多年，也只闻过那冰棍的奶味儿，唤河当然就更舍不得买一根来尝尝了。

虽然好闻的奶味儿、咖啡味儿、啤酒味儿就在附近飘荡，但唤河基本上是闻不到的，因为他的鼻腔里早就被浓烈的油漆味给占满了。天马广告社的生意不错，每天都有刷不完的广告牌子。戏院、舞厅和电影院是他们的大主顾，还有粮油店、灯烛店、渔具店、书刊社等等小主顾，就连寿衣店、纸扎店偶尔也会来订个广告牌。

这些广告牌都是先由画师勾好线、画出大致的模样来，字也都给画好双钩，然后交给唤河他们去上色。而这所谓上色完全就是刷漆——女明星的脸蛋儿要刷淡红的漆，嘴唇要刷大红的漆，眼珠子要刷那种能反光的黑亮油漆……

广告社的牌子工加上唤河一共有三个，都是十来岁的半大孩子。唤河手脚灵便，跟工友学得很快，没几天就能独立刷广告牌子了。名义上，萧红是他们这个部门的工长，但她大多数时间都是坐在屋子里写啊写的。因为她同时还负责电台和报社的广告业务，只有在忙完了手头的稿件后，才会跑出来和唤河他们一起刷广告牌子。

每当这时候，唤河的心里都会有说不出的高兴，手里的刷子就舞弄得更带劲儿了。没错，他可喜欢萧红姐了！人家对他这个小老乡特别关照，头一天瞥见他手上的脓肿，第二天就特意给他买了一管冻疮膏，让他心里热乎乎的。再加上唤河很机灵，干活有悟性，萧红也就乐意跟他开个玩笑啥的。在唤河眼里，她不光人长得漂亮，那活泼的神气和爽朗的笑声尤其动人，总能给大伙带来轻松和愉悦。

五月初的一天下午，唤河分到的广告牌子比较费劲儿，到了下班的点儿还没有刷完。两个工友都着急回家，打了个招呼就先走了。不一会儿，萧红下楼来了，看到唤河一个人在忙活，就撸起袖子走了过来，想要帮帮他。

唤河连忙挡住了："红姐你快走吧，不然萧先生又该等急了！"他和工友都叫萧红为红姐，也知道萧军对萧红上心，若是过了下班的点儿还看不见她，就会急三火四地从报社那边找过来。

"嗨，没事。我看你这块牌子挺难刷，不给你搭把手，你还不得刷到黑天半夜啊。"萧红说着，拿起小刷子刷起了边角上画着的小人儿。

刷了一会儿，萧红才注意到这块广告牌子是一家纸扎店的，她刷的小人儿是人家店里卖的纸扎人儿，就打趣道："小小沈，刷这个，你不害怕？"她学金剑啸，管啸河叫小沈，管唤河就叫小小沈。

"红姐，我不怕！人家店主说了，店面上急用，明天一早就来取，今儿再怎么着我也得给他刷出来。"唤河忙着手里的活儿，乐呵呵地说。

"哟，行啊，小小沈！我像你这么大时可不行，不要说刷这牌子了，就是知道哪条街上有这样的店，我都得绕着走。"

"是吗，宁愿多走路也不走那里？"

"对，多走路不算啥，经过纸扎店我觉着瘆得慌，浑身起鸡皮疙瘩。"

"哈哈哈，红姐你那么胆小啊！"

"谁说我胆小的？我可虎了！你不知道，好多年前我就一个人坐火车去过北平呢！"

"是吗，那红姐你真虎！"唤河看了一眼萧红，冲她伸了个大拇指，"说到北平，我的老师——罗继良先生，也去北平了，说是要去请愿。"

"请愿？请什么愿？"萧红有点儿好奇。

"罗先生说他要去北平，找军分会请愿，让他们开进东北来打日本子……"说到这里，唤河下意识地压低了声音。他想起当初罗先生跟他说这事的时候，他可是保证过连自己的亲妈都不会告诉的，怎么就这么跟红姐说出来了呢？他心里有点儿后悔，但接着也就释然了。因为一来罗先生早就已经离开呼兰了，现在说出来也不会有啥事；二来他非常信任红姐，知道她也恨日本子恨得牙痒痒。

"唉，没用的！北平军分会哪有那份心？南京国民政府都当缩头乌龟了，我看他们是铁了心要把东北让给日本子了。"萧红幽幽地说着，眉头皱得紧紧的。

"红姐，你说，咱广告社能不接日本子的活吗？我宁愿天天刷纸扎店的广告牌，也不愿弄那些狗屁株式会社的，他们不是人！"

"这个嘛，怎么说呢？"萧红沉吟着，还没想好怎么跟唤河解释，便看到金剑啸来了，她忙站起身来提高了嗓门儿："金老板！"

唤河转头一看，只见金剑啸和萧军肩并肩地走了来，连忙鞠躬问好："金先生好！萧先生好！"

金剑啸冲着唤河点了点头，饶有兴致地欣赏起了眼前的广告牌。

萧军却像没看见唤河似的，一把拉过萧红，就地划了个舞步："怎么样，我的公主，今天累不累？"

"不累不累！"萧红挣脱开来，"你别闹，我正和小小沈讲正事呢！"

"啥正事啊？难道比我萧三郎还重要吗？"后面几个字萧军是用戏腔唱出来的，想要以此来博美人一笑。

　　谁料萧红根本就不搭理他，自顾转向了金剑啸："金老板，小小沈提了个问题，你来给解答解答呗？"

6

　　那之后过了好几天，唤河还是没有想明白金剑啸对他说的那四个字究竟是个啥意思。

　　"虚与委姨？听金先生的口气，这应该是个成语，可他这葫芦里到底卖的是啥药呢？"唤河想破了脑袋也没想出来。他跑去问啸河，啸河也不知道，只回了他一句："金先生的学问大着呢！他说的话，很多都不好懂。"

　　唤河想，要是罗先生在这里就好了，他肯定知道。

　　后来有一天，唤河去给一家书刊社送广告牌，才趁便在一部词典里查到了。令他惊讶的是，这个成语的最后一个字虽然读作"姨"，却是写成"蛇"字——蛇不就是龙蛇的蛇吗，他没想到它还是个多音字。词典上印着解释："虚与委蛇，语出《庄子·应帝王》，意为对人假意殷勤，敷衍应付。"

　　这一来唤河才算解开了心中的疑团，原来金先生的意思是得跟日本子耍花腔啊！可是非得这样吗？就不能来个婉拒，说不懂日本话，接不了他们的活儿吗？

想来想去，唤河最后得出了结论：金先生之所以愿意跟日本子周旋，说到底是因为他是广告社的老板，开门做生意嘛，谁能跟钱过不去呢？日本子的钱也是钱不是？

这么一想，唤河心里头就有了老大的不舒服：金先生是在大都市里摇笔杆子的，连他这样的大人物都乐意跟日本子打交道，那东北不是彻底完了吗？

带着一脑门子问号，唤河没精打采地走在回广告社的路上。有一段路面积了水，不知被谁垫了几块砖头，他刚小心翼翼地跨过来，不承想眼前突然闪过一道强光，吓了他一跳。

等他回过神来，就见一个高高大大的老毛子正站在面前冲着他笑呢："嗨，你是小小沈吧，你认不认识我？"

唤河看了看他胸前挂着的相机，又看看他那双锃亮的高勒靴子，也笑了："您是那个苏联记者，叫啥蛋来着……"

"啥蛋？我不是蛋，是丹，哈马丹。我跟金剑啸先生是好朋友。"

"对对对，我想起来了，他们都叫你老哈！你这是要到我们社里去吗？"唤河知道，这个老毛子隔三岔五就会来天马广告社，跟金先生等几个人叽里咕噜地聊大天。

"我今天不去了。这不刚巧碰见你，我就给你拍了张照片，等回头洗出来，送给你。"老哈的中国话很流利，但他和金先生他们在一起时却只说俄国话。

"好嘞，谢谢您了！那个，要是没什么事，我就先走了。"唤河说着就要抬脚。他其实是有点儿紧张，虽然这之前见过老哈几次，但人家从来都没有跟他说过话。更何况，这也是他长这么大以来头一次跟一个外国人说话。

"别急嘛，小小沈，我正在写一篇报道，想听听你的意见，好不好？"老哈盯着唤河，琥珀色的眼睛闪亮亮的。

"什么报道？"唤河来了兴致。由于哥哥在报社工作，他自然而然地对跟报社有关的事都多了一份关心。

"你知道，金剑啸他们的《国际协报》，有些报道是不能发的。前一阵子，他们发了一篇报道，惹怒了日本人，差点儿被查封。"老哈边说边拉着唤河的手，把他带进了拐角处的一个俄式小酒馆。

这事唤河听哥哥说起过，说那天下午报社突然来了一队日本军警，声称有一篇报道丑化了大日本帝国，要查封报社。好在报社老板赶忙找关系疏通，最后出了一大笔钱，总算涉险过关了。

"这个我懂，金先生可不敢得罪日本子。"唤河坐在一把笨重的硬木椅子上，把水手帽摘了下来，直直地盯着老哈，"你的意思是，你可以发，对吗？"

午后的阳光透过窗户射进来，点亮了屋里的浮尘。

老哈眨了眨眼："那当然。我是苏联《真理报》派驻哈尔滨的记者，有义务把这里发生的事报告给苏联人民。"

"好，那您写了篇什么报道？"

老哈向前探了探身子，压低声音说了三个字："赵尚志。"

唤河一听，两只眼睛立马瞪大了。这个名字他早就知道的，在呼兰时他就听罗先生说过，也听大娄子跟他爸老卢叔叨咕过。来到哈尔滨之后，他又听哥哥说过，也听金剑啸、萧军他们说过，甚至还听一起捡煤渣子的小伙伴说过。大家都说这是个大大的英雄，跑到老林子里拉了一支队伍，跟日本子干呢！

"赵尚志我知道。他带着一帮胡子占山为王，老厉害了！你写他什么？"唤河急急地说。由于激动，他的声音都打起滚儿来了。

"嘿，你不知道吧？他带着队伍从日本子手里打下了两座县城！就前几天的事。"

"啊？呼兰打下来没？"

"那没有，他的队伍藏在大秃顶子山，打下的是巴彦和五常。"

"巴彦和呼兰挨着。这下子好！接下来他就该打呼兰了，打死那帮黄鼠狼，我妈的仇就能报了！"唤河兴奋地说着，声音不由自主地大了起来。

"嘘——"老哈竖起手指，挡了一下嘴巴。这里虽然是苏联人开的小酒馆，可也得提防隔墙有耳呢。

唤河会意地压低了声音："哎，老哈，人都说赵尚志可生性了！生性，你懂吗？就是勇猛、敢干仗的意思。我要是你，我也第一个就写他。"

"那可不！"老哈摸摸下巴上的黄胡子，冲吧台打了个响指，叫酒保过来，要了两杯啤酒、一碟红肠、一碟酸黄瓜。

"小小沈，我想问你的是：如果有机会，你愿不愿意加入赵尚志的队伍，和他一起去打日本子？"

"我当然愿意！"唤河说着，攥起拳头砸了一下酒桌，"不光我愿意，我哥也保准愿意！我们都恨死日本子了。"

"好，你多大了？你哥他在哪里？多大了？"

"我这就十一岁了，我哥在《国际协报》当排字工，比我大七岁。"

"哦，你哥是不是就是那个小沈？你看我这脑子，小沈、小小沈，我早就该想到的嘛！"

"哈哈，没错，我哥大名叫沈啸河，我叫沈唤河。"

酒保把啤酒端了上来。酒液金黄，浮着一层厚厚的泡沫。

"干杯？"哈马丹举起了酒杯。

唤河学着他的样子，也把酒杯举了起来："干杯！"

哈马丹一口喝掉了半杯，跟着用叉子叉起两片红肠丢到了嘴里。唤河却只是轻轻地抿了一小口，叉起一片红肠、一片酸黄瓜尝了尝。

"怎么样？"

"香！好喝！和我老家的烧锅酒不一样。"唤河想起了自己往日本子的"红美人"里撒尿的往事，禁不住笑出了声。哈马丹问他笑什么，他就把这个故事讲给了他。

等唤河讲完，哈马丹收起了采访本："好，我都记下来了。你放心，我在报道中不会提你的真名的，我给你拍的照片也不会登出去。"

"好的，我信你。"

"来，把啤酒都喝了吧！喝啤酒就是要喝个鲜美，端上来几分钟内就得喝完，不然就馊了。像你这种喝法，哪里是喝啤酒呢，简直就是喝咖啡嘛！"哈马丹爽朗地笑着，端起酒杯又喝了一大口。

唤河笑了，心说老哈说得对啊，啤酒好喝就好喝在鲜美上，要是像河神罗先生那样放上好几年也不舍得喝，可不早就馊了嘛。

老哈咽下最后一口红肠后，似乎突然想起了什么，神色一凝，把啤酒杯重重地往桌上一墩，皱眉说道："小小沈你不知道吧，日本子把哈尔滨啤酒厂给没收了，以后再也喝不到正经的哈啤了！啤酒最讲究新鲜度，刚才喝的是大老远从苏联运来的，那怎么能跟本地产的哈啤比呢？"

"哈尔滨啤酒厂？我去码头捡煤渣时路过过，那厂区老气派了，一排排的洋草顶大房子。这日本子也太可恨了！中国的啥好东西都被他们抢走了，就连我妈从老鼠洞里挖出的大米，他们都不放过……"唤河提到妈妈，红了眼圈，说不下去了。他咬咬牙摇了摇头，站起身冲老哈摆了摆手，然后一把抓起帽子，抬脚就要走。

"来，小小沈，握握手！"老哈站起来，伸出了满是黄毛的右手，"我看你这小伙子不错，等长大了，肯定能成为我的同志。"

同志？这是啥意思呢？唤河还是第一次听到这个词儿。而和别人握手，在他，也是生命中的第一次。这一刻，他分明感受到了老哈那毛茸茸的手掌传递过来的温热与力量，心里莫名地涌过一阵激动。

7

转眼就是六月了。

啸河兄弟俩的处境已有了很大的改观。虽然平日里还是以吃黑面窝头为主，但不再只是干就着咸菜艰难吞咽了。每晚啸河都会炒上一个菜，有时还能放几点子肉星儿进去，这日子开始过得有滋有味了。

排字工几乎天天都是大夜班，只要第二天出报，那头天晚上就得干到凌晨两三点。直到把排好的版面交到印刷厂来取版的人手中，啸河才能回家。等他睡醒起床，唤河早就去广告社上班去了。因此，兄弟俩每天见面都得是在吃晚饭的时候。

一天下午，唤河快要下班时，萧军又跑来接萧红了。

唤河照例问候了一声："萧先生好！"就低下头去继续忙活了。他知道萧军不太喜欢逗弄小屁孩，可没想到萧军今天不知怎的来了兴致，竟停下脚，一把摘掉了他的水手帽。

"萧先生……"唤河抬起头来，下意识地伸出手，想要把帽子要回来，却见萧军变魔术似的从怀里掏出了一封信："你哥的，都在收发室躺了好几天了。他天天上夜班，是不是没看见？我给捎过来了。"

唤河连忙接了过来，边说"谢谢"边扫了一眼信封，只见寄信地址写的是呼兰朝阳堡。

当晚吃饭时，唤河把那封信像献宝一样交给了啸河。会是谁写来的呢？肯定不是大娄子，他那把字就跟老鳖爬的似的，唤河认识。那还能是谁？唤河端详了一番那清秀的字迹，心里立马想到了胡小梅。

果然，啸河打开信，刚看了一眼脸就红了。

"嘿嘿嘿，是小梅姐写来的吧？我一猜就猜到了，看来她想你了啊！"唤河故意做出一副了然的样子，乜斜着啸河。

"不是她！你胡咧咧个啥？"啸河被撞破了心事，有点儿恼羞成怒了，话也就说得狠了些："挺大个人，屁也不懂！"

　　唤河感到自尊心遭到了暴击，立即反驳道："谁说我屁也不懂的？我要真是屁也不懂，人家老哈会请我喝啤酒？老哈你认识吧？就是那个苏联记者，他对我老尊重了，叫我那啥——啥来着，哦对了，叫我同志！"

　　"就你？还同志呢！我才是他的同志好吗？我跟老哈认识多少年了？这么跟你说吧，我帮他跑过的腿，比你走过的路都多！"

　　唤河没想到啸河和老哈这么熟，一时觉得有点儿没脸，就把老哈的秘密抖了出来："那老哈有没有跟你说，下个星期六他要带朋友们去太阳岛野餐？"

　　"快别美了！星期六你得上班，老哈叫你去你也去不了！"啸河虽然嘴硬，心里却有点儿吃味了——他前两天还碰见过老哈，这家伙什么都没跟他说。

　　"哟哟哟，我就知道你得这么说！告诉你吧，金先生说了，下周六全社放假！知道为什么吗？因为那天是端午节，红姐过生日。"唤河得意起来了，挥舞着筷子，满嘴的唾沫星子乱飞。

　　啸河伸出筷子，猛地打了一下唤河的筷子："嘚瑟啥？嘚瑟啥？红姐过生日，我能不知道？萧先生早就告诉我了，要我那天去给他帮忙呢！他还说，要给红姐一个大大的惊喜。"

"什么惊喜？透露一下吧。"唤河放下碗，眼巴巴地望着啸河。

"秘密！"啸河端起碗，故作深沉。

"嗨，你这人咋这样呢？老哈跟我说的去野餐也是秘密，他让我连工友都不准告诉呢。"

"行，唤河，你可听好了！"啸河的神色突然变得严肃起来了，"老哈也好，金先生、萧先生、红姐也好，他们跟你说的事，你可千万别稀里马哈的！只要他们说是秘密，那你就得叫它烂在肚子里。别说工友了，就连我这个你亲哥都不能说！这是纪律，懂吗？"

唤河见啸河突然这么郑重其事，心里有点儿害怕了，半天没敢说话，只拿眼珠子怯生生地看着啸河，那意思是你别光训人，倒是也给解释解释这其中的道道啊。

啸河吃了几口玉米饼子，意识到唤河还是个毛孩子，再开口时口气就缓和多了："唤河，你知道哈尔滨有多大吧？这里可不是呼兰，那真是鱼龙混杂，什么人都有。上次咱俩去街上买包子，在通江路路口看见的那个钉鞋掌的家伙，你还记得吗？"

"怎么不记得？你跟我说的每句话我都记着哩！还有霞曼街上的那个整天蹲在墙角拉二胡的小老头儿——有一天你给我悄悄地指过的。他们都是日本子的密探，臭不要脸。"

"对，算你机灵！你记住，报社、广告社的事，都不能露出去，不然可不是闹着玩儿，会出人命的！"啸河紧紧地盯着唤河，恨不能用目光把这些话都给刻到他的脑仁里。

"放心吧哥，我又不傻！"唤河直直地迎着啸河的目光，说。

兄弟俩之间早已有了默契，此刻刹那间彼此便达成了信任。

"这封信，的确是胡小梅写来的。——但并不像你想的那样，写些什么情啊爱的，她只是告诉了我一些呼兰的事。"啸河从怀中摸出信来晃了晃，"哎，我可告诉你，你跟我怎么闹着玩儿都行，因为这封信其实算不上秘密。但如果说它是秘密，那咱们就不能闹了，必须打起十二分精神来，坚决保密。"

"明白了，哥！那以后他们再告诉我啥秘密，我就不跟你说了。"

"对了！只有这样，你才能称得上是个同志。"啸河满意地冲唤河挤了挤眼。

"哥，那你啥时候成的同志？"

"秘密！懂吗？"啸河迎着唤河热切的目光，伸手摸了摸他的小脑袋，就起身出门上班去了。

　　江风习习，晚星已升上夜空。这夜幕下的哈尔滨，明面上肥马轻裘，霓虹闪烁，暗地里却不知道隐藏着多少刀光剑影。啸河快步走着，心想是时候给唤河讲讲什么是同志了，也该给他讲讲日本子在这座城市埋下的凶险了。

第四章

高，**高，**燕高飞的高

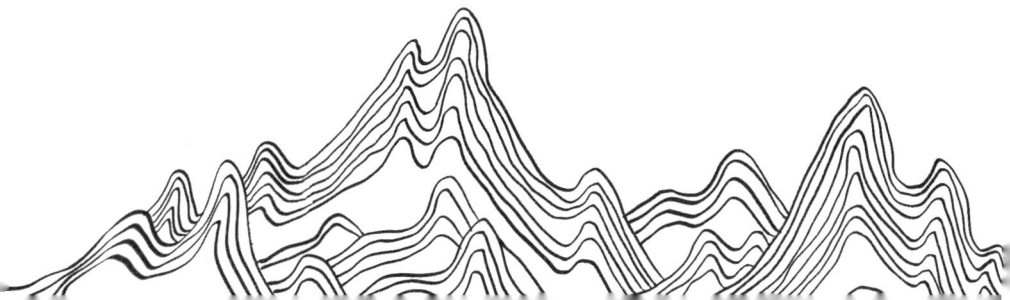

1

6月10日，星期天。按照金剑啸的安排，啸河带着唤河去了一趟百货商店，置办齐了野餐要用的一应东西。

第二天中午，工友们吃过午饭后都去江边遛弯儿去了。萧红想着下个星期六就是端午节了，原本要出门去买些粽叶的，没想到老哈突然来了，她只好留下来陪着。

唤河因为轮到今天值午班，也没能出去。他正美滋滋地坐在广告社大门口的石墩子上晒太阳呢，就见金剑啸、萧军急匆匆地走来了。两个人的眉眼里满是焦虑，脸色也都阴沉极了。

唤河心里咯噔一下，知道眼下不是讲礼数的时候，就没跟他们打招呼，只是站起身来让开了路。等到他们一走进大门，唤河就跟着跨了进去，并机警地把大门闩上了。

广告社二楼的社长室里，气氛十分凝重。唤河在门口晃了晃，犹豫着要不要进去。金剑啸看到了，冲他招了招手，让他也进来了。

待大伙都坐下后，金剑啸先是朝窗外探看了一番，这才压低嗓音说道："小小沈已经把大门关上了，现在，咱们开会！"

萧红默默地低着头，不知在想什么。萧军伸出手，揽住了萧红的背。

老哈和金剑啸对视了一眼，都不自觉地皱了皱眉。

金剑啸说："老哈，什么情况？非走不可吗？"

老哈摇了摇头："非走不可！你们得相信我的情报。去年冬天《跋涉》出版时，我就感觉不妙了。这不，这一天终于来了！"

唤河早就知道《跋涉》这本书，也知道它是萧军和萧红两个人的处女作合集，只是一直没好意思开口向他们要一本看看。

金剑啸感叹道："《跋涉》写得多好啊！我说实话，萧军你别生气，萧红比你写得好，特别是那篇《王嫂的死》，把东北眼下的悲惨全都揭露出来了。"

"的确，我也觉得写得好！你们知道吗？这本书前阵子传到了关内，有个大学教授写了篇评论，夸奖你们俩是'黑暗现实中两颗闪闪发亮的明星'呢。"老哈说着，夸张地同时伸出了两个大拇指。

二萧对看了一眼，眼角都难掩欣喜。作家就是这样，写出东西后最希望的就是遇到知音。显然，这位大学教授是个闻琴声而知雅意的解人。

老哈重重地咳了一声，道："哎哎，这都什么时候了，火烧眉毛了！我怎么还跟你们说这个？这位教授当然是好心，但他没想到，你们这两位作者还在东北，在这个日本人控制下的所谓的满洲国里！你们想想，现在日本人也看到了那篇评论，已经下令在全东北查禁这本书了，你们这俩作者再不走，是要等着被抓吗？"

"这……"萧军意识到了问题的严重性，"这么看，三十六计，走为上计！可我们怎么走？朝哪里走啊？"

"别急，我今早得到消息后就紧急发动了所有的关系，现在都已安排好了。这样，你们先坐火车去大连，然后从大连坐船去青岛。火车是今天下午4点半发车，你们这就赶紧回去收拾收拾走吧！"老哈说着，从口袋里掏出了两张火车票，跟着看了一眼手表。

萧军和萧红对看了一眼，知道只能按老哈说的办了。

"得，那就走吧，此处不留爷，自有留爷处！"萧军从老哈手里接过了火车票。

　　"去青岛很好，那里是咱中国自己的地盘。你们到了以后，就去荒岛书店找孙老板，他跟我一样，也是……"金剑啸握着萧军的手说。最后一个词他只是动了动嘴唇，没有说出来，但看二萧的神色，显然都明白他的意思。

　　"人一多目标就大，我们都没法去车站送你们了。"老哈叹息着。

　　"不用你们送，让小小沈这孩子去送送就行了。"萧红刚才一直没有说话，这时才幽幽地接了一句。她内心正在翻江倒海，一开口却还是那般的从容、散淡。

　　"红姐……"唤河心里满是不舍，要不是强忍着就哭出来了。

　　"对了，萧红，差点儿忘了，祝你生日快乐！"老哈说。

　　"生日快乐！这次太阳岛野餐生日会没办成，等将来有一天咱们再见面，一定给你补上。"金剑啸说着扶了扶眼镜，想要拂掉心里的伤感。可是正当生离死别的当口儿，哪有那么容易？他话没说完便红了眼圈。

　　萧军一把抱住了他："兄弟！"

　　窗外突然起了一阵狂风，一场大雨随之砸了下来。一时间，雨水味混着油漆味飘了进来，裹挟着离情别绪，直渗进了每个人的心底。

2

　　萧红走后，天马广告社照常经营，唤河还是每天都早早地来上班。

　　但这个班他上得再也不像以前那么快乐了。对他来说，萧红不光是他工作上的头儿，更是生活中的红姐。两个人在一起朝夕相处虽然只有短短的两个月，却已结下了一辈子的姐弟情。

　　后来，唤河经常会回想起送红姐上火车的情景。那天站台上到处都是日本军警，他拎着一个木头箱子，跟在二萧身后，匆匆地上了火车。还好，他们没有引起任何人注意。列车员过来检票，一边粗暴地推搡，一边大声吆喝着"没买票的赶紧下车"。唤河见分别在即，连忙伸出手去，想要和红姐握个手，没想到萧红不光紧紧地和他握了握手，还顺势把他拥进怀里，紧紧地抱了抱他。这个拥抱从此就刻印在了唤河的心上，温暖了他很久很久。

　　整整一个星期，唤河都魂不守舍的。往年这时候他最爱吃刚从菜圃摘来的新鲜黄瓜，今年吃在嘴里却并不觉得有味儿了，干起活来也常常心不在焉，以致刷广告牌时老是出错，惹得跟他一起干活的工友没少埋怨他。

　　虽然心神不宁，但唤河的小脑袋瓜儿可没闲着。由二萧的被迫逃亡，他想起了妈妈的惨死，想起了那个黄鼠狼军曹的狞笑，想起了大娄子那骷髅样的双眼，还想起了河神罗先生给他们上的最后一课……这些都像过电影似的一幕幕地出现在脑海里，让唤河感到了一种深切的悲哀。

　　"你们这些龟孙，凭什么占我们的地方？都给我滚犊子！"想到最后，唤河只想痛骂那些日本子。

　　唤河是去年腊月十五那天来的哈尔滨，到五月端午就快半年了。经历了那么多事，他觉得自己已经长大了。啸河也觉得，唤河近来成熟得飞快，不再是呼兰河畔的那个懵懂少年了。

　　这段时间，唤河想得最多的当然是红姐。由萧红他自然会想到萧军——那个男人多好玩儿啊，动不动就喜欢教别人打拳。由二萧他联想到了啸河和小梅姐，想他俩将来不会也这么难吧？想了又想，他觉得应该不会，二萧是有文化的作家，祸事是写书写出来的，啸河和小梅姐可没人家那么大的本事。进而他就想起了《跋涉》，为此还跑到相熟的书刊社找店伙计悄悄地打听过，人家告诉他那书早都被警察给抄走了，店里还因此被敲了一笔银子去。于是他又想，《跋涉》是看不到了，不知道啥时候能看到老哈写的书呢？

前阵子老哈说过，苏联一家儿童文学出版社找他约稿了，让他把在哈尔滨写的报道和小说结成集子，出一本书给苏联的孩子们看，让他们都能知道，中国的孩子们正在日本侵略者的铁蹄下哀号、挣扎。书名就叫《大愤怒》——老哈解释说：这大大的愤怒是赵尚志心头的，是二萧心头的，是金剑啸心头的，也是所有东北人心头的。

唤河琢磨了好久老哈的话，因为他说完"也是所有东北人心头的"之后，还特意补了一句："包括你小小沈。你的心头也正燃烧着大愤怒，你感觉到了吗？"唤河当时有点儿懵，没说什么，可现在他已确定了，没错，他的心头正燃烧着大愤怒。而且他知道，啸河的心头也是。

但唤河还是看不透金剑啸，他心里到底有没有大愤怒呢？在广告社二楼社长室开会那天，他的确愤怒了，可他怎么还是和那些来谈生意的日本子打得火热呢？而且在送走二萧后的第二天，他就在广告社跟一个东洋布帛店的日本老板谈笑风生了，还和他称兄道弟的！他或许是在虚与委蛇，可那个日本老板坐的那把椅子，头一天萧军才刚刚坐过！面对此情此景，他难道不会想起自己落难的朋友，进而痛恨起眼前的臭日本子吗？

3

　　哈尔滨人每年都会把端午当成狂欢节来过。即使这座城市被日本子侵占了，人们过节的热情还是丝毫不减，甚至还反而更大了。很多人心里都是这么想的：你日本子再怎么牛气，也管不到我们中国人过节吧？再说你们可没有端午节，那我们更得过好了！

　　1934年这一年的端午节，正当星期六。在那个年月，人们一星期都要上六天班，而端午节也不放假。因此，天马广告社这一天按理说是要上班的，但金剑啸却慷慨地给大家都放了假。

　　唤河早就跟啸河商量好了，要趁端午节这天去太阳岛玩儿。啸河虽然不放假，但他平时都是上夜班，白天没啥事。于是吃过早饭后，弟兄俩就兴冲冲地出发了。谁知刚出门不久，他们就听说开往太阳岛的轮渡停运了。

　　"真倒霉！"唤河沮丧不已。他原是想着去太阳岛遥祝红姐生日快乐的，这下子全泡汤了。啸河安慰他说，每年过端午，松花江边都是最热闹的，太阳岛上也没啥，不去也罢。俩人于是决定改去江边玩儿。

　　等兄弟俩走到中央大街，才发现满大街早已挤得水泄不通了，要想去江边，只能随着人流慢慢往前挪。

那时松花江上还不兴赛龙舟，人们来到江岸边踏青、看光景时，往往会买上一束艾蒿，等着带回家插到屋门上来祈福、驱邪。满大街还随处可见卖香草荷包和五彩绳的，大人们都会买了给小孩戴，说这样能保孩子一年无病无灾。这些习俗和中国其他地方都差不多，单有一样是哈尔滨独有的，那就是端午这天人们都要来到松花江边，用江里的水洗脸，以求免灾祛病。而这，正是造成每到这一天松花江边就挤满了人的直接原因。

虽然相距并不太远，但呼兰河沿岸就没有这习俗。唤河觉得新鲜，跟在啸河身后排了老半天队，才终于捧起一捧江水洗了脸。

这时天已过午了，兄弟俩兴致未减，买了几个粽子当午饭，吃过后继续四处逛荡。

在呼兰过端午，不像哈尔滨那么热闹，但家家户户也都会吃粽子、插艾蒿、挂纸葫芦。啸河在江边买了两把艾蒿，兄弟俩一人一把拿着，身上就都有了淡淡的艾香。粽子也已经吃过了，再买上一串纸葫芦，回家挂在小屋的门楣上，这个节就算圆满了。

可兄弟俩在江边转了好几圈，愣是没看见有卖纸葫芦的。眼见天色向晚，啸河有些累了，就决定回家去，心说路上能碰见卖纸葫芦的就买，碰不见也就算了。

路过天马广告社时，看到大门开着，唤河就提议进去歇歇。兄弟俩进到社里，见金剑啸正一个人孤单单地坐在那儿抽烟呢。满屋子已是云苦雾罩，地上扔了一地的烟头。

兄弟俩鞠躬问了好。金剑啸招呼他们坐下，说："在江边玩儿到这时候？你们到底是年轻，可真不嫌累。"

"金先生您没出去走走？今天街上人可多了！我们想买个纸葫芦都没买上。"啸河规规矩矩地坐在金先生对面，热热乎乎地说。

"我没去。报社那边我今天休班，但这里也得有人看着不是。"金剑啸吐出了一个大大的烟圈，"其实主要还是没兴致。今天原本是要给萧红过生日的！她说长这么大还没过过生日呢，又是二十四岁本命年。我和萧军早都商量好了，要给她好好庆祝庆祝，没想到临了来这么一出。"

"就是啊！红姐要是还在，今天不知道得乐成啥样呢！"唤河接过了话头。

"那肯定，你红姐是个热心人，不用等到今天，昨天她就会给你们几个小家伙每人都买上一个香荷包的。"说到这里，金剑啸把目光转向了啸河，"哎，小沈，你咋没给小小沈买个呢？"

"我要给他买来着，他不要，说他不是小孩了。"
啸河笑道。

"那可不？我都工作了，谁也别把我当小孩了！"
唤河嘴上这么说，心里还是挺遗憾的。他当然想要红姐
送的香荷包。

"哟哟哟，小小沈还挺有志气的嘛！"金剑啸被唤
河那认真的神气给逗笑了。

"金先生，我们呼兰那边不兴给孩子过生日，红姐
她们家估计也是这样，您别太当回事啊。"啸河说的是
实情，想要宽慰一下金剑啸。

"嗯，这会子二萧应该已经在青岛安顿下来了，萧
军肯定会给她过个难忘的生日的。"金剑啸说着，望了
一眼窗外，仿佛这样就能看到远在青岛的二萧似的。

"红姐那么漂亮，那么飒，还那么有才，就连生日
也是端午节，老天对她也太好了！"唤河也望了一眼窗外，
感叹道。

"嗨，要不说你还是个孩子呢！"金剑啸猛吸了一
口烟，被呛得咳嗽起来。咳完他才说道："端午节出生
可不是好事！老辈子传说，这一天出生的孩子都是索命
鬼、讨债鬼，会给父母带来灾殃。你红姐的父亲是个读

书人，却也不能免俗。所以，你红姐她小时候挺苦的，是她爷爷一手把她带大的。"

"哦，是吗？怎么会这样？"唤河想不明白，端午节人们都这么高兴，怎么这一天出生的孩子就不好了呢？

"迷信呗，还能有啥道理可讲！好在你红姐不管那一套，要是她也迷信，就写不出那么好的文章来了。"金剑啸说完，突然想起了一件重要的事，就问啸河，"对了，小沈，后天晚上，你能多排一张单子吗？"

啸河点点头，冲金剑啸使了个眼色，随即就把唤河给支了出去："唤河，你先出去逛逛吧，看还能不能买到纸葫芦。"

唤河说行，接过钱就出门了。

等他买到纸葫芦回来，却发现广告社的大门关得紧紧的。他拍了拍大门，啸河才出来了。

"哥，你们俩刚才说啥呢？怎么还得关大门？"

"嘘！秘密！"

唤河一听啸河说是秘密，就不再问什么了。他哪里知道，自从他来到天马广告社上班以后，金剑啸和啸河就慢慢地熟络起来了，已相约谈了好多次心。眼下啸河正帮着金剑啸排印宣传抗日救国的单子。啸河明知道这是弄不好就要掉脑袋的事，却一点儿也没有表现出害怕

来，每次都能把任务完成得又快又好。上次给萧红张罗
过生日的时候，金剑啸就跟啸河说了，组织上已经把他
列为考察对象了，过阵子就介绍他加入地下党。

啸河心思极其缜密，而且安全意识极高，所以连自
己的亲弟弟都没有告诉。虽然金剑啸对唤河也非常信任，
可在啸河的心里，唤河毕竟还是个孩子，这些事还是不
让他知道比较好。

一路无话。回到家吃过晚饭后，唤河终于忍不住了，
决定给啸河提个醒："哥，我觉得金先生这人不太地道，
你防着他点儿吧！你不知道，他整天跟那些日本子打得
火热。"

"我知道，你放心吧，金先生是最不可能害我的人。
我们是同志！"啸河看到唤河一脸热切，就想着还是给
他交个底，却也并不细说。

"那他和日本子……"

"你呀，就是个傻狍子！你想想，他不和日本子打
交道，广告社能开起来吗？再说了，不和日本子打交道，
上哪儿搜集情报去呢？"啸河说到这里就停住了，他觉
得自己已经透露得太多了。

唤河非常聪明，听啸河这么一说，顿时明白了，忙说：
"行行，哥，看来是我误会金先生了。那，你们干那啥

的时候，可千万小心点儿啊！"

4

因为星期天报纸不出刊，端午节当晚啸河美美地睡了一大觉，醒来已是日上三竿。人睡好了就精神，他哼着小曲儿洗漱完，喝了一碗唤河熬的大碴子粥，就趴到床上吭哧吭哧地写起信来。

"哥，写信给小梅姐呢？你不嫌她那一脸麻子了？"唤河探过头来，嬉皮笑脸地问。这小子经常哪壶不开提哪壶，要不也不会叫老歪了。

"去去去！你少来隔皮猜瓜的那一套，哪儿凉快就上哪儿待着去，甭在这儿烦我。"啸河一把捂住了信纸，狠狠地瞪了一眼唤河。

这世间所有的弟弟，对哥哥大概都是又爱又敬又有点儿怕的。唤河对啸河也是这样。虽然他心里知道哥哥不会再像以前那样动手揍自己了，但还是生怕一不小心把他给惹毛了，于是就识相地溜到屋门外，翻看起了啸河带回来的那一沓报纸。

等到他把那些报纸翻看完了，就该吃午饭了。他问了一声啸河还看不看那些报纸了，得到"不看"的回复后，就抱起它们出了门。他要去最近的一家书刊社，把这些旧报纸卖给他们，换几个钱去买午饭。

报纸卖得很顺利，唤河在书刊社里溜了一圈儿，没有看到感兴趣的新书，就和店老板打了个招呼，出门往面食店去了。这次报纸比较多，卖的钱不少，他盘算着待会儿去买二斤葱油饼，这顿午饭又美了。

正高兴呢，唤河突然感觉到街面上的气氛一下子紧张起来了，抬眼一看，就见一队日本军警如狼似虎地跑了过来。唤河连忙低头缩脖往墙根上贴——这是哈尔滨老百姓人人都会的保命动作，唤河早就已经学会了。

这一队日本军警的目标，竟然是唤河刚去过的那家书刊社。唤河听到店里传来一阵混乱，壮着胆子回头看了一眼，正碰上挡在店门口的两个日本军警那阴冷的目光，他吓得打了个冷战，连忙拉拉帽檐儿，慌慌张张地溜走了。

进了家门后，唤河惊魂稍定，他都没顾上喘口气儿，就把刚才碰到的事儿一五一十地跟啸河说了。

啸河正在研究怎么才能把信纸折得更好看，听唤河这么一说，神情立马凝重起来。他默默地把信折好，塞进信封，示意唤河到他身边坐下，这才严肃地开了口："唤河，你把耳朵捋直了，好好听着：最近市面上很不太平！要不金先生和老哈也不会那么急地让萧先生和红姐走了。还有，昨天早上去太阳岛的轮渡不是停运了？听金先生说，就是因为日本子在那轮渡上抓了咱们的两位同志。今晚我会去报社打听打听，你好好睡你的，明早起来就去上班好了。不过你这几天可得留神，广告社要是有什么风吹草动，你就赶紧回来，可千万别跟日本子硬碰！听明白了吗？"

"听明白了，哥。广告社，也会被搜查吗？"唤河感觉啸河好像话里有话，就问了出来。

"难说，不怕一万，就怕万一！心理上有个准备，到时候遇上事就能冷静一些，不至于一下子麻了爪。"

5

这一夜，唤河睡得特别不踏实，总是睡睡醒醒的。直到听见啸河回来了，他心里的一块石头才算落了地。

早上起来，唤河做了一锅豆面粥，吃过后就匆匆去了广告社上班。社里一如既往，工友们相互间开着玩笑，忙进忙出。唤河走到萧红原来坐的位子旁边，把墙上钉着的那本日历撕到了今天——1934年6月18日，只见日历上印着："宜婚嫁、走亲、寻人。忌动土、开张。"

整个上午，唤河都在刷一块大幅的东洋樱花会广告牌。虽然牌子上画的那几个日本子让他直犯恶心，但他已然可以接受跟日本人打交道了。啸河说得对，金先生那样做是一种策略。加上今天天气超级好，他更觉得周身舒畅了许多。

天空蓝蓝的，缀着几朵懒洋洋的白云，云脚都很低。太阳烈烈的，烤得躲在树荫里的几只蝉儿没命地叫。索菲亚大教堂养的那一群白鸽，一会儿升空，一会儿降落，有好几次扑啦啦地从唤河头顶掠过。咖啡、啤酒花和烤面包的香味儿不时地飘来，混合着油漆味儿直朝唤河的鼻孔里钻。这一切仿佛都在诉说着岁月静好，使得唤河从昨天中午就紧绷着的神经终于彻底放松下来。

吃过午饭后，唤河决定到索菲亚大教堂去看看那群鸽子。那儿离天马广告社不远，红姐在的时候，经常领着他和几位工友过去玩儿。

到了大教堂的广场上，唤河和鸽子嬉闹了半天。他第一次意识到，原来鸽子的咕咕声是从身体内部发出的，而不是从嘴里吐出的。这让他一下子又想起了萧红——对，红姐那标志性的笑声就不是从嘴里吐出的，而是从她的心灵深处发出的，所以才会让人那么难忘。

等到教堂的大钟时针指向下午 1 点，唤河才和那些可爱的生灵告别，慢悠悠地走回去。走到离广告社还有两个路口时，突然听到有人在喊"小小沈"，他连忙回头去看，就见老哈气喘吁吁地跑了过来。

"老哈，怎么了？出什么事了？"唤河见老哈脸色铁青、眼神慌乱，心知不好，急忙迎了上去。

"到这边来再说！"老哈一把把唤河拽到路边一栋废弃的破房子旁边，看看四下无人，这才压低声音急急地说道："金剑啸，被日本人抓走了。"

"啊？金先生……这可怎么办？"唤河一听就慌了。

"日本人在照着名单搜捕，天马广告社得赶紧疏散！"

"啊，我们社有人在名单上吗？"

"有！有两个，大梁和老万，你赶紧回去通知他们！"

"好！"唤河答应着，转身就要跑。

"哎，回来！"老哈叫住了他，"你看我这脑子！《国际协报》的编辑、记者被抓走了好几个，就剩了一个排字工小沈，因为是上大夜班的，还没被抓到……"

"天啊!"唤河打了个冷战。

"小沈是你哥吧？这样，咱俩分头行动，我去天马广告社，你去找你哥，让他想办法马上赶到榆树镇去，那里有个火车站，我们的人今晚就送他上火车。"

"好！榆树镇对吗？"唤河这时早已紧张得心怦怦跳了，但还是冷静地确认了一下地点。

"对！快去,快去吧!"老哈冲唤河用力挥了一下手，就急匆匆地转身走了。

唤河定了定神，随即以百米冲刺的速度狂奔起来。

6

第二天傍晚，啸河兄弟俩已到了六百公里以外的沈阳。

亏得老哈消息灵通、路子多，啸河这次才能有惊无险地逃离虎口。

一路上，兄弟俩为了不引人注意，几乎没有交谈。

那时的沈阳虽然不及哈尔滨繁华，但因靠近关内，战略位置重要，所以更受日本子重视，气氛也明显要更紧张一些。这一点，兄弟俩一下火车就感觉到了。出站时警察检查得很仔细，站外更是随处可见荷枪实弹的日本军警。这里不像哈尔滨那边的火车站那样闹哄哄的，人们一个个都屏气凝神，但还是不时会传来呵斥声、哭喊声。啸河知道，那是不知道哪个倒霉的同胞又落到了日本子的手里，心说这样的"热闹"不看也罢，就拉着唤河快步离开了。

几分钟后，兄弟俩走到了站前街北口的东亚大药房，在它和南洋影剧院共用的那一段大台阶上坐了下来。这时天已完全黑了，他们虽然肚子早已饿得咕咕叫，但却并不着急。因为送他们上火车的同志说了，沈阳的组织会派人到这儿接他们的。啸河估摸着，对方可能正在朝这里赶呢。

可是一等不来，二等还不来，直等到影剧院晚场都散场了，兄弟俩也没能见到接应者的影子。唤河跑去问了一下时间，回来说都快 10 点半了。啸河明白再等下去已毫无意义，而且这么晚还不走的话很可能会招来军警盘问，那就麻烦了。这样一想，他就带着唤河随着那些晚场散场后出来的观众走了。

离开火车站区域后，啸河专拣小巷子走。走出好长一段路后，他觉得比较安全了，才找了一家小旅馆住了下来。

接下来的几天里，啸河和唤河轮换着又去了接头地点好几次，却愣是连根人毛也没碰着。唤河按捺不住了，悄悄地问啸河是不是老哈的人不靠谱。啸河毕竟老成些，第一反应是不可能，以他对组织的了解，这样的事是绝不可能发生的。那为什么就这样了呢？啸河转念一想，头皮一下子麻了，心说坏了，八成是那个来接应的同志出事了。万一他被日本子抓了，万一他再跟太阳岛轮渡上被抓的那二位一样，也是个熬不住刑的，那他俩的处境可就危险了！

啸河心里虽然满是惊涛骇浪，但表面上还是很平静，只对唤河淡淡地说了句："算了，线断了就断了。以后咱不能再去了，危险。"

唤河点了点头。从此之后，兄弟俩就把这事给撂下了。

7

啸河原本以为，这次到了沈阳接上头，就算大功告成了。至于怎么在沈阳找工作、怎么继续坚持斗争，那都听组织的安排就行了。谁知道头没接上，这就让啸河一下子陷入了被动。

一开始，啸河非常焦急，嘴上起了好几个燎泡，说句话都疼得嘶哈嘶哈的。好在过了几天，还没等燎泡消下去，他就把一切都想清楚了，反倒不再那么着急了。

啸河首先想到的是，自己在哈尔滨已经上了日本子的黑名单，只怕过不了多久沈阳当局就会掌握这个情况。于是他在来沈阳的火车上就预先起好了化名。当时想到自己的名字是罗先生给取的，他便决定改姓罗，化名叫罗孝合，让唤河化名叫罗焕合。

后来啸河又想到，光是改名换姓就行了吗？他细细地回想了一番，想起来当年进报社时填过一张履历表，并贴了一张"写真"——日本人侵占东北后，强令推行"协和语"，照片不让叫照片，得叫"写真"。接下来日本子肯定会拿那张写真四处搜捕他的。亏得那是六年前拍的了，那时他还孩气十足，如今已经长成大小伙子，相貌发生了很大的变化。任是天王老子，不拿那张写真到他跟前来对照，单凭印象也是无法把他给认出来的。这么一想，他终于长出了一口气。

唤河听啸河说了这一节，也跟着长出了一口气，就提议能不能学学红姐，离开东北，到青岛去。啸河说要是能那样的话日本子就鞭长莫及了，可现实是根本不可能。他跟唤河解释了一通，唤河才明白，原来日本子控制下的所谓"满洲国"和关内的交通是隔绝的，想要走，必须得持有伪警务署核发的"出境旅行证明书"才行。二萧当时是老哈、金剑啸都给他们想法子办好了，如今啸河连组织都找不到，要想去申领那个证明书，那可真是比登天还难了。

得，没办法，兄弟俩知道自己再怎么走也走不出大东北，既然没法回哈尔滨，那就既来之则安之，找辙儿在沈阳待下来吧。

啸河身上没有多少钱，心知当务之急就是找个工作。

人都有个惯性，原来是干什么的，换个地方以后也还是会想着去干什么。啸河的第一反应就是再去找个报社当排字工。沈阳的报社倒是不少，每天出版十多份报纸。啸河悄悄地把能找到的报纸都找来看了，发现它们都和《国际协报》不一样，且不说新闻版的报道全都死气沉沉的，就是副刊版上发表的小说、散文，也都让人感觉不到一点儿生气。翻来覆去地扒拉了几遍之后，啸河心里就很有数了，看来沈阳的这些报社都被日本子牢牢地掌控着呢，去那里上班非但找不到同志，反而很有可能会羊入虎口。

啸河和唤河商量了半天，最后决定去当地的广告社碰碰运气。俩人先去了穷苦百姓扎堆的小河沿，在柴草市边上租了一间小屋安顿下来，然后就沿着街面找广告社，一家接一家地打问要不要刷牌子工。到第三天，他们在一家名为"骆记"的广告社找到了工作，啸河当大工，唤河还是当小打。

从此，兄弟俩就在沈阳待了下来，这一待就待了两年多。可惜的是，尽管啸河把他能想到的学校、书刊社等地方都摸了一遍，但始终都没能跟组织接上头。

骆记广告社规模不大，只有两间洋铁盖顶的屋子，外加一个小院，业务主要是给几家戏院、茶园画演出海报。店老板姓骆，是山东人，平时话很少。啸河生怕引起日本子的注意，就也不声不响的，只管闷着头和唤河一起刷牌子。这活虽然累点儿，但换来的工资足以维持温饱。

那时的小河沿整个就是一片闹哄哄的棚户区，又拥挤又脏乱。他们租的那一间小屋非常狭小，俩人在屋里想要同时调个腔都难。这样的屋子当然不可能有厕所——对了，日本子不让叫厕所，得按他们倭国的叫法叫"便所"。要想解手，他们得跑出一里地去。

这居住条件老憋屈了，因此每当星期天休息时，兄弟俩都要到浑河岸边走一走。这里就像松花江边、呼兰

河畔一样宽绰，可以帮他们消解一下乡愁。他们在这里
游过泳，钓过鱼，看过河灯，祭过河神，还趁河面结冰
时滑过"单腿驴"，抽过冰猴冰陀螺……当然，做得最
多的还是发呆。

啸河常常会呆坐在河边想，不知金先生被放出来了
吗，老哈回苏联了吗，二萧在青岛还好吗，还有胡小梅……
唤河虽然不比啸河想得深，但所想到的人却更多，他还
常常会想起妈妈、大娄子和罗先生。

唤河心里非常羡慕啸河，因为啸河经常和胡小梅通
信，一写就写好几页纸，他心里的事肯定都跟人家说了。
唤河能说给谁听呢？他有好几次想要写信给大娄子，最
后都是拿起笔来却又觉得没什么好说的了。

在油漆味儿的熏染下，在浑河水的浸泡下，随着时
光流逝，唤河越来越深刻地体验到了什么是孤独。虽然
说一个人能够拥有孤独感其实是很难得的，可对唤河来
说，它还是来得太早了些。

第五章

照，**照**，梅花照雪的照

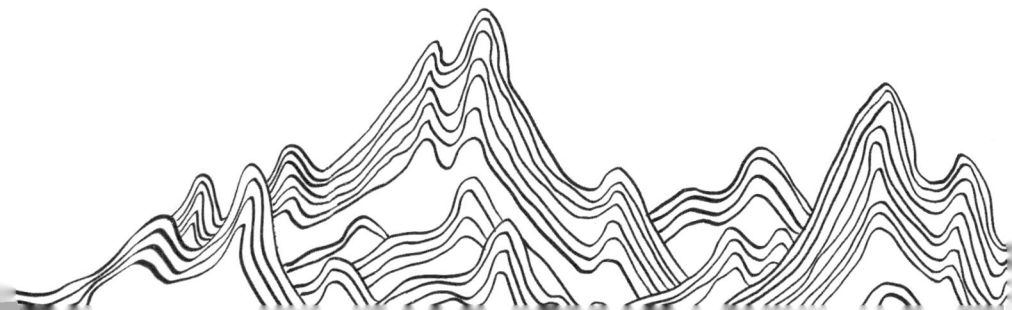

1

1936 年的冬天，较过去几年都要寒冷。

时令已快到元宵节了，沈阳城的大街小巷还都覆着一层冰雪。路上的行人都袖着手吸溜着鼻子，小心翼翼地往前走。不时有人摔倒在地，发出一声惊叫后，跟着就会骂上几句。老百姓心头憋着火呢，又不敢对日本子发，就只好骂天怨地。

正月十三早上，啸河和唤河哥俩儿一到广告社就忙活起来。空气冷冽，他俩嘴里哈着阵阵白气，抬起一块三米多长的广告牌，要把它送到七里地之外的般若寺去。广告牌的边角上画着几盏璀璨的莲花灯，主体部分是一排大字——"般若禅寺 1936 年传灯祈福法会"。

所谓法会，是般若寺的禅师们和信众的叫法，到老百姓的嘴里就变成了"庙会"。这个庙会每年正月十五举办，是沈阳年头最久、人气最旺的民间山会。啸河兄弟俩早就听人说过它有多热闹，所以今天去送广告牌还挺兴奋的。

一路上，不是走在前面的啸河脚下打滑，就是跟在后面的唤河控制不住身体，两个人接连摔了好几个跟头。这大冬天的，兄弟俩连副手套也没有，只能把袖子拼命往下拽，指望袖口帮他们挡挡寒风。而每次摔倒后，他们都得拿袖子把广告牌上沾上的冰渣子什么的擦掉，要是就这么脏兮兮地给人家送到庙里，不要说工钱拿不到，被臭骂一顿也只能挨着。

"哥，你说老骆是不是有点儿黑心，就不能等到晌午再让咱出来送吗？"唤河摸摸手上的冻疮，忍不住抱怨起来。

"得了，人家老骆可是个厚道人。要是等到晌午，这路上的冰雪就都化成泥汤子了，那还有法走吗？"啸河说着加快了脚步。

"嗯，这倒是！你说这般若寺要是在市里就好了，偏偏在个城边子上。"唤河知道，去了放下广告牌就得赶紧赶回去，不然这城郊的土路被融化的冰水一泡，那可就真的是寸步难行了。

兄弟俩紧赶慢赶，赶在日上三竿之时到了般若寺。

唤河原本以为这里会非常热闹，没想到四下里冷冷清清，一个游人也没有，只在庙门口坐着几个乞丐。这让他大失所望。

大门上的小和尚把兄弟俩领了进去，见了管事的禅师。那禅师慈眉善目的，看了一眼广告牌，点点头说了个"好"，就把工钱给结了。

兄弟俩道了谢，跟着小和尚出来。唤河见小和尚跟自己年龄相仿，就凑到人家跟前问为什么要办庙会了还没什么人。小和尚没好气地白了他一眼，硬邦邦地回了一句："这不法会还没开始吗？等后天你再来，保管鞋都给你挤掉！"

唤河被小和尚噎得没脾气，蔫头耷脑地跟在啸河后头出了大门。啸河憋着笑逗唤河："我说老歪啊，你嫌这庙会没什么人，是想来看戏呢，还是想来买糖葫芦吃啊？"

"哼，糖葫芦，说得你好像买得起似的！"唤河正一肚子气没处撒呢，见啸河还故意来打趣他，也就不管哥不哥的了。

"哟，小子！我是你哥！你咋这么跟我说话？"啸河佯装动怒，抬手就给了唤河一个脑瓜崩，"咱再没钱，买根糖葫芦还是买得起的！你小子有点儿出息行吗？"

唤河看了看啸河，捕捉到了他脸上藏着的笑意，知道他这是在跟自己开玩笑呢，就忙不迭地借坡下驴了："那咱从老板那里抱一条小巴狗吧？行吗？你要是同意，我就保证以后再也不买糖葫芦了！"

老骆家里的母狗过年前下了一窝小狗，广告社的工友谁愿意要，都可以抱走一条。唤河每天都会去抱抱它们，眼馋得不得了，可啸河说眼下连人都养不起，就是不准他抱一条回家。

"嘿，你小子，知道养条狗得多费多少粮食吗？"啸河的心软了，嘴上却还是硬着。毕竟，真要养一条小狗的话，哥俩的裤腰带就得勒得更紧一些了。

"行行行！我就知道你是铁了心，不会同意的！我就知道！我就知道！"唤河越说越生气，猛地站住脚，转身朝庙门走去。

"你干啥？别闹，咱得赶紧回社里了。"啸河一把拽住了唤河。

"别拽我！连条小狗都不让养，我不跟你回去了！我去庙里当和尚去！"唤河摇晃着身子，想要挣脱啸河。他猛地一使劲，只听哧啦一声，他那件破棉衣的肩头撕破了一个口子。

啸河第一次见唤河发这么大脾气，又好气又好笑，松了手，一时间却也不知该怎么接他的狠话。

正在这时，只听庙门旁传来一阵骚动：

"快救人啊！有人昏过去了！"

"老天爷，你睁睁眼吧！"

2

兄弟俩连忙跑过去，只见一个骨瘦如柴的小乞丐直挺挺地躺在庙门口的石狮子脚下。几个老乞丐正围着他，有的探鼻息，有的按人中。

"这孩子是咋的了？"啸河小声问一位老婆子。

"唉，作孽啊！还能咋的？饿的！冻的！这孩子可怜啊，天生就是个哑巴，这才几岁就没爹没娘了，和我们一起在这庙门口要饭，每天只能喝上一碗庙里布施的粥。老天爷啊，你睁睁眼吧！"老婆子说着说着，悲从心来，嗷嗷地哭起来了。

"大爷大娘，这儿哪里有卖吃的？"唤河急急地问。

"看到庙西头那个窝棚了吗？那后头有个热食摊子。"一个老头儿颤巍巍地给唤河指了指。

啸河会意，掏出一张钞票给了唤河："快去！"

等唤河端着一大海碗羊杂汤回来时，那个小乞丐已经醒转过来了。原来是庙门上的那个小和尚端来了一碗热水，刚才给他灌了下去。

唤河盯着小乞丐看，才发现这大冷的天他竟然只穿了两层单衣，整个人被冻得蜷着身子、缩着脖子，还不自觉地咧着嘴，仿佛咧着嘴就可以不那么冷似的。

热辣辣的羊杂汤散发着鲜香味儿，小乞丐馋得咽了一口唾沫。

小和尚却皱起了眉头："阿弥陀佛！佛门净地，施主，你们不能在这里吃荤。"

啸河知道不能坏了人家的规矩，就弯下腰把小乞丐背在背上，跟着唤河去了那热食摊子。

一碗羊杂汤下肚后，小乞丐的脸上眼里就都有了神采。

"小老弟，你叫啥啊？家是哪里的？"啸河盯着小乞丐的眉眼问道。

小乞丐不作声，迎着啸河的目光摇了摇头。

"哥，你忘了？他是个哑巴。"唤河习惯性地摸了摸帽檐儿。

"哦，瞧我这记性，属老鼠的——撂下爪子就忘。"

啸河自嘲道，接着又问："那，小老弟你几岁了？"

小乞丐伸出两手比量了个"九"。

"九岁啊！比唤河小三岁。"啸河见小乞丐回应了，心里很高兴。

"吹吧！小牛不大你抱着吹！你这点儿小个，能有九岁？"唤河却嗤之以鼻。

啸河剜了唤河一眼："你行了吧！当年你刚到哈尔滨时，比他高不了多少。"

小乞丐看看唤河，又看看啸河，嘴角绽开了一个笑花。

"得，咱走吧！再不走，这一路上就得蹚泥河了。"啸河说完，跟小乞丐比画了个再见的手势。唤河答应着，冲小乞丐调皮地做了个鬼脸，也摆摆手走了。

走到般若寺前面的牌坊底下后，啸河下意识地回头看了一眼，嗬，小乞丐还跟在身后呢！

"小兄弟，回去吧！"啸河指了指庙门旁的石狮子。

小乞丐转头望了一眼，根本没有要过去的意思，反而朝那里的几个老乞丐挥了挥手。

"完了，哥，这小哑巴不是个善茬，这是要赖上咱了！"唤河说完，就冲小乞丐扬起了拳头，作势要揍他。

小乞丐吓得一下子跳到啸河的身后，把两手举起挡在了头上。他脏乎乎的小脸上满是乞求，嘴、鼻子和眉毛都可怜巴巴地不敢动，只有两个黑眼珠在骨碌碌地转来转去。

"你咋还不回去，是以为跟着我们就有羊汤喝吗？"唤河急眼了，"要不是为了救你的命，我哥哪里会舍得买那羊汤！"

小乞丐就像没听见似的，只管躲在啸河身后，闪避唤河不断砸过来的拳头。

啸河看着这一幕，突然心中一动，一把拉住了唤河："行了！你就知道欺负小孩子！"说完他转而冲着小乞丐问道，"小兄弟，你上过学吗？识字吗？"

唤河瞬间明白了，啸河这是想给这小乞丐在广告社找个活干啊。可惜小乞丐先是茫然地摇了摇头，然后就嘴里啊啊啊的，仿佛想要辩解点儿什么。

"没上过学？那我想帮你也帮不上啊！"啸河叹了口气，心想骆记广告社眼下并不缺人，这小乞丐又这么小，就算识字，老板估计也不会用他。

唤河见小乞丐一脸傻相，心头的火噌地一下就起来了："瞧你那个埋汰样！啊啊，啊啊，啊啊个啥啊？"嘴里骂着，一只脚已同时踢了出去。

小乞丐瘦得跟麻秆似的，唤河留了情，这一脚只使了三分力。谁知他刚一踢出去，跟着就大叫一声，抱着脚一屁股坐到了地上。

"哎哟，疼死我了！这个臭小子，会武功啊！"唤河疼得龇牙咧嘴，脑海中一下子想起了萧军跟他吹嘘过的铁布衫。

小乞丐嘿嘿一笑，把手伸进破衣衫里，就跟变戏法似的摸出了一把刀来！那是一把小号菜刀，只有啸河的巴掌那么大。

虽然这刀并没有开刃，可还是把啸河和唤河都吓了一跳。

"喂，你小子，这是要跟我们玩命吗？"唤河忘了脚疼，啪的一下站了起来。

小乞丐指了指手里的刀，又指了指唤河的脚尖。唤河这才明白，敢情刚才自己那一脚是踢到这把刀上了，难怪这么疼！也得亏他没用尽全力，不然那脚指头估计就得肿起来了。

"小兄弟，你咋还在身上藏一把刀呢？"啸河被激起了好奇心。

小乞丐冲着右边侧了侧头，把右手贴着脑袋一比量，再把刀交到右手里，让它贴在脑袋上，然后又闭上眼睛，用鼻孔出了几下气。

"得，他这把刀是用来枕着睡觉的。"唤河一看就明白了。

"嗯，还真是。这孩子，不知道吃了多少苦啊……"啸河沉吟着。

"那咋办？哥，你不会是想要把这小子带回家去吧？我想养条小巴狗你都不让我养，现在要养这么一个大活人了？"

"唤河！你胡咧咧个啥？这人和狗是一回事吗？罗先生没教过你吗，救人一命，胜造七级浮屠！"

罗先生还真没教过唤河这个，但啸河妈以前常说这话。唤河听啸河这么说，知道自己理亏，就不再言语了。

"行，小兄弟，跟我走吧！"啸河冲小乞丐扬了扬下巴。

"啊啊啊！"小乞丐高兴得手舞足蹈，就地转了好几个圈儿。

冬日的阳光哆哆嗦嗦地照下来，三个人袖着手前后脚走在半融化的雪泥路上。一阵寒风吹过，小乞丐禁不住打了个激灵。唤河心软，摘下自己的水手帽，给小乞丐戴在头上。

傍晚回到家中，啸河让唤河烧了一锅热水，给小乞丐洗了头脸、手脚。眼见小乞丐的手上脚上都生了冻疮，裂着一道道血口子，唤河连忙把啸河给自己买的冻疮膏找出来，小心地帮他涂抹到了那些伤口上。

当天晚上，三个人挤在一个被窝里睡下了。唤河翻了几下身，对啸河说："哥，我给这小子取了个名儿，叫听河，你说好不好？"

"听河？好！唤河你这两年没少看书，有点儿文化了啊！"啸河夸奖道。

"嘿嘿，你想啊，咱们俩一个啸，一个唤，那都是呼喊，这小子是个哑巴，喊不出来，只会听，那不就是听河嘛。"

"好，就叫听河！啸、唤、听，这三个字都是口字旁，一看就是一家人。保险起见，他也先姓罗吧，要是人家让写下来，就写成罗厅合吧——客厅的厅，齐心合力的合。"

唤河很高兴，轻轻地捅了捅听河，听河纹丝不动。唤河趴到他脸前探了探，才发现原来他已经睡着了。那把黑沉沉的菜刀，被他塞到了枕头下，只露着一个刀把儿。

3

二月二，龙抬头，春天就要来了。虽然沈阳有时还会下雪，但天气还是渐渐地暖和起来了。等到二月十五花朝节过完，浑河边上的柳树就抽出了新枝，燕子们也从南方飞了回来，开始叽叽喳喳地忙着在屋檐下、房梁上衔泥做窝了。

二月十九那天，啸河又收到了胡小梅的来信。两个年轻人已持续通信两年多了，各自都积攒了厚厚的一沓子信件。从开始的相互试探，到后来的无话不说，发展到现在已是互诉衷肠了。

据说谈恋爱能让一个人脾气变好，对啸河来说还真是这样。以前唤河若是不小心惹他生气了，他必定是要吹胡子瞪眼的，气急了还会动手打人。最近也许是被爱情给滋润的，他整个人变得柔软了许多。有好几次，唤河跟他拔犟眼子，他都没恼。听河刚学着做饭，有一次把一锅大碴子粥全都给煮煳了，啸河也没发火，只是半开玩笑地罚听河把那几块焦煳的锅巴都吃了下去。当然，他完全没有坏心，那时人们都相信吃点儿糊掉的东西对身体好，据说还能治拉肚子呢。

胡小梅的这封信，除了满纸的绵绵情话外，还透露了一个消息：卢三顺跑到大秃顶子山，参加了赵尚志的东北抗日联军，正儿八经地打日本子去了。

啸河看完信就问唤河："三顺今年多大了？"

"十五了，他比我大三岁。你问他干吗？"

"大那么多？你们班咋回事啊？"

"嗨，我们班合过好几次班，最大的比我大四岁呢！还有比我小一岁的。"

"得，瞧人家三顺，你小梅姐在信里夸他了。"

"他个大娄子，有啥好夸的？小梅姐难道不应该多夸夸我吗，不然我回头可不认她这个嫂子！"唤河耍起了贫嘴。

"啥嫂子不嫂子的，整天就知道胡咧咧。"啸河笑骂道。

"大娄子干了啥长脸的事了？难不成把尻子玉一郎那个狗汉奸给揍了？谅他也不敢。"

"你敢？瞧你那小样儿吧！有多大屁股，穿多大裤衩，懂吗？你比人家大娄子差老鼻子了！"

"啥啥？你说啥？大娄子他怎么能跟我老歪比？我当然敢了！只不过觉着那个尻子玉一郎是你老丈人，我揍他太不给你面子了。"

"去去去，我看你个老歪真欠揍了！那个王八犊子、埋汰玩意儿，他算哪门子老丈人！"啸河恼了，抬腿就踹了唤河一脚。

"哼，你有本事就别欺负小孩！"唤河没防备，被啸河踹个正着，疼得差点儿哭出来。

听河连忙走过来，边拉唤河边给啸河打手势，让他别生气了。

被听河这么一拉，唤河心里更觉得委屈了。或许是为了找回面子，他抽泣了几下后，突然冲到啸河身旁，抓起胡小梅的来信就撕。可那信太厚了，他撕了一下竟没能撕动。

兄弟之间小打小闹很正常，但这次唤河分明是要拿啸河的心尖子出气，啸河不由得火冒三丈，瞬间变成了一头暴怒的狮子。他毕竟跟萧军练过一阵子武术，反应很快，没等唤河撕第二下，就抓住唤河的两条胳膊来了个反剪。制住唤河后，啸河先是把信抢了回来，紧接着就攥起了拳头，要痛揍唤河一顿。

听河从没见过啸河发这么大火，心知他真要动手，吓坏了，想要上来拉架又不敢，直急得啊啊地大哭了起来。

啸河见听河哭了，冷静了下来，松开拳头，一把把唤河推倒在了炕上："你小子还真就是个老歪，有本事撕我的信，咋没本事去打日本子呢？人家三顺就跟着大酒包老关叔去了，参加了少年连。你瞧瞧人家多有志气，比你强太多了！"

"啥？你说大娄子去打日本子了？"唤河被这个大

消息给镇住了，瞬间忘了疼。他一下子想起了三年前罗先生带他们秋游的那一天，他和大娄子一起下河去摸七星鱼……眼下呼兰河也不知解冻了没有？大娄子肯定又长高了，不然人家队伍不会要他的。要是自己还在朝阳堡，会不会跟他一起去呢？唉，自己的个头还是太矮了，只怕人家不愿意收呢。

当天晚上，啸河和唤河各自怀着心事，都翻来覆去地睡不着。听河却睡得特别香，梦中又是咂嘴又是磨牙的。不知道他枕头下的那把小菜刀，是不是有安眠的作用。

4

人都说小孩见风就长，这话不假。春风一吹，听河这孩子肉眼可见地胖了，也白了。

当然，话说回来，要是光靠风吹，那听河早就饿死了。这孩子能有今天，吃的完全是啸河兄弟俩从自己的嘴里省出来的。没有听河时，啸河他俩每过十天半个月还能吃上一顿荤腥，有了听河后，俩人那点儿工资就都用来买玉米糁子和高粱面了。为了能吃饱穿暖，他们星期天也不敢歇着了，啸河去小河沿市场出零工，而唤河就带着听河去人家的菜园子里帮着翻地、浇水。

唤河早就跟啸河商量过，想趁星期天带着听河去火车站捡煤渣子。可啸河说沈阳的火车站管得比哈尔滨厉害多了，成天有日本军警牵着大狼狗巡逻，根本就没人敢去捡煤渣子。唤河没亲眼见着，总不大相信，可是他们住在小河沿柴草市，离最近的火车站也有十多里路，光是跑来跑去就得用上半天，就算真能捡到煤渣子，那也不如去附近的菜园子帮忙干活划算。好在那些菜园子的主家都挺和气，每次除了给工钱，还会送一把青菜啥的。这么一来，唤河也就不再想去捡煤渣子了。

周一到周六啸河兄弟上班，听河每天也都会跟着去广告社帮忙。这孩子力气小，干不了刷广告牌那样的粗活，又不会说话，只能帮着跑个腿、扫扫地。老骆拿他当个小小打，自然也就不给开工资，只是每到吃午饭时分给他俩窝头、一份咸菜。就这样，啸河他们都已经很知足了。因为啸河劳累上一天挣的工资，也才只够买一斤高粱面的，顶多能蒸十来个窝头。

日子就这样紧紧巴巴地过着。看看快到三月三了，沈阳城里到处都有小孩放风筝了。啸河知道唤河、听河眼热，就花了好几个晚上，给他们扎了个老大的大金雕风筝。

　　唤河、听河盼了好几天，终于到了星期天。吃过早饭后，啸河就带着他们去了浑河边。

　　这里放风筝的人很多，但谁的风筝也没有他们的大。唤河和听河到底还是孩子，看到自己的风筝最大，都老高兴了。他俩乐呵呵地拉着风筝线在前面飞跑，啸河扛着风筝在后头跟着。跑着跑着他感觉差不多了，两手朝上一推一放，那风筝就呼地一下上了天。

　　"哥，咱这个大金雕也太有面儿了！你看旁边那些放风筝的，都瞅咱呢！哎，你咋想到扎一个大金雕的？"唤河放完了风筝线，呼哧呼哧地喘着气，问啸河。

　　"毕格凯文山，知道吧？"啸河看着听河舞弄线轱辘，不答反问。

　　"啥？外国的啊？"

　　"哪来的外国，就是大秃顶子山！"

　　"啊，那你咋还给它整个外国名呢？"

　　"不是我，是金先生，当时为了保密整的。"说到这里，啸河下意识地扫视了一下四周，确定附近没人才接着说下去："他懂英语，说大就是毕格，秃顶子就是凯文。好玩儿吧？关键是这一来那帮汉奸瘪犊子就听不懂了。"

　　"好玩儿！有意思！要不说金先生可真够摩登的！

这个洋名儿，估计全哈尔滨也就他能想出来了。"

"嗯。"啸河随口应着，心思却不在这儿了。

他想起了那段刀凿斧劈的时光。那时他们总是在深夜行动。金先生低声口授，他飞快地捡字、拼版，然后送到印刷厂，看着那里的同志刷刷刷地印出传单来，大家一人分上一沓，趁着夜色正浓，分头到城里各处张贴、散发……每次等他疲惫地回到家中，唤河都已睡得昏昏沉沉，可却总能迷迷糊糊地嘟囔一句"哥，你回来了！"，然后才继续沉沉睡去。那时候他沉浸在干大事的激动里，并没有意识到这是一种依赖——属于兄弟之间的那种热烈的却又从来不会明说的依赖。

大金雕在空中遇到了气流，猛地向上一挣，带得正在放它的听河腾空而起，随之又落了下来。听河站立不稳，脚下打了个趔趄。唤河见了，忙冲了过去，帮他抓稳了线轱辘。

"哥，你还没说呢，这大金雕和那大秃顶子——不，和那毕格凯文山有啥关系啊？你去过那里？"

"我倒是想啊，没去过呢！金先生说过，那是咱黑龙江省的最高峰，比泰山还要高呢！那里真有一只大金雕，好家伙，它展开双翅能有三米多宽，什么鹿啊、羊啊、黄鼠狼啊，那都手拿把掐，呼一下就给抓去吃了。"

见唤河和听河都听得津津有味，啸河来了兴致："你们想想，咱这大金雕还不到两米，那家伙比咱这个还要大呢，得多威风啊！"

唤河和听河听了，都抬头看了看风筝，点了点头。俩人互相捅了对方一下，便又都把目光转向啸河。

啸河拍了一下听河的小脑袋瓜儿，笑嘻嘻地考问起了唤河："老歪你说，要给一个人起个代号叫'金雕'的话，谁最合适啊？"

"金先生吧？他也姓金不是。"唤河为自己的机敏而有点儿得意了。

"错了，金先生也没去过毕格凯文山。再想想，谁在那里？"

"我知道了！赵……"唤河左右扫视了一下，见十来步开外有几个人在玩纸牌，就没有把"尚志"两个字说出来。是啊，他早该想到的，谁还能比拉队伍打日本子的赵尚志更配得上"金雕"这个代号呢！

啸河挤了挤眼，冲唤河伸了个大拇指。

唤河咧嘴一笑，转而说起了卢三顺："没想到大娄子也去了。在朝阳堡和他一起上学时，我咋没看出来他那么虎呢？"

"嗨，人是会变的嘛。士别三日，当刮目相看。你忘了他被抓去挖矿，叫日本子给折磨得不成人样了？那有了机会指定要去报仇啊。该咋说咋说，他这一步走的，够血性！"

"就是！三月三放风筝，不知道他会不会也扎个咱这样的风筝放呢。"唤河说着，手搭凉棚看向了高空中的大金雕。其实它一点儿都不好看，之所以引人注目，主要是因为体型够大。和它差不多在同一个高度上的风筝，都被它给比得变成了小不点儿。

"难说，估计不能放，怕暴露吧。唤河，我这阵子想着，也去毕格凯文山找'金雕'去，真刀真枪地跟他们干，你跟不跟我去？"

"真的？我跟你去！那就能给咱妈报仇了！"唤河的眼里闪过一道光，随即又暗淡了下去，"可是你咋去啊？咱们还敢回哈尔滨？还有，听河还这么小，咋整？"

啸河说声"也是"，转头看看听河，皱起了眉头。

听河心说自己可不能拖后腿，就把线轱辘交给唤河，冲着啸河拍拍胸脯，扬扬拳头，打了个"别小瞧我"的手势。

看着听河那过分认真的小模样儿，啸河和唤河都忍不住扑哧一声笑了。

春风浩荡，听河尽情地撒开了欢儿。他仰脸盯着天上的金雕，见它飘飘摇摇地要掉下来了，就想要跑过去

接着，谁想刚跑了没几步就被草地上的一个深坑给绊倒
了，结结实实地摔了个狗啃泥。唤河看得真切，连忙把
手中的线轱辘塞给啸河，三步并作两步冲过去，扶起了
听河。

听河摔疼了，两只手紧紧地握着右膝盖，两个大眼
睛里已蓄满了泪水。看到唤河来了，他嘴里嘶哈了两下，
硬是把哭给憋了回去。

"疼你就哭呗，咱不碙碜。这下子摔得可够狠的，
你扯开嗓门哭哭就不疼了。"唤河体贴地说。他小时候
在呼兰河边撒野，没少挨摔，当然知道膝盖被磕到的滋
味儿。

听河摇了摇头，放开手低头看了看裤子，脸上竟一
下子阴转晴了："啊嗯啊！"他指着裤子让唤河看，意
思是裤子没有破。对他来说，摔这一下再疼都能忍，可
要是裤子被磕破了那就太心疼了，真该抹泪了。

唤河的心头猛地酸了一下。他自己又何尝不是这样
呢？穷人家的孩子，都是宁肯受伤也不愿弄破衣裳的。
他默默地蹲了下来，坐到听河旁边，帮他把裤管挽了上去。
只见膝盖处擦伤了鸡蛋大的一块，中间被掀掉了手指大
的一片皮肉，渗出的血已流到腿上，画出了好几条粗粗
细细的血线。

这时啸河拎着风筝跑了过来。他眼里只管盯着听河，跑过唤河时，就像跑过一块石头一样。

唤河一下子难过起来了，心想哥哥怎么能只疼听河呢。等到听到啸河说"哟，出血了！"，又看到啸河把风筝扔到地上，蹲下来帮听河揉起了伤处，他才缓过神来：哥哥这么做完全是因为听河受伤了，如果把受伤的换成他，那哥哥肯定也会这样对他的。

啸河边揉边喃喃道："听村子里的老人说，摔伤了可不能光顾着止血，还得赶紧揉揉。"

"哥，那也得止血啊！我以前摔伤了，都是跑回家让咱妈给敷上一层锅底灰，过两天就好了。这里荒郊野外的，上哪儿去弄锅底灰啊？"唤河刚才还有点儿嫉妒听河，现在就只剩下心疼了。

"傻小子，这里有七七菜啊！"啸河说着四处看了看，"瞧，旁边那个土包上就有，去挖几棵来吧！咋，你不认识七七菜？就是刺儿菜，它的叶子上有刺儿，摸起来扎手，好认！"

"好嘞！"唤河答应着，去挖了几棵野菜回来，让啸河看。啸河说没错就是这种，让他用石头捣烂了，敷在听河的膝盖上。

听河抬起头看看唤河，又看看啸河，心里满是欢喜。

他记得，去年有一次自己摔得比这厉害多了，可哪有人管哪有人问呢？而如今和啸河哥俩在一起，他常常能体会到那种相依为命的感觉，特别是在这样的被关心、被照顾的时刻。

"哥，听河可懂事儿了，刚才摔那么疼，都硬撑着没哭，看到裤子没破，还笑了……"

见唤河当面这么夸他，听河有点儿难为情了，就顺手拾起那块用来捣药的石头，呼地一下扔了出去。这样他就不用因为不好意思而左顾右盼，而能让目光跟着那块石头，落到远处了。

"哥，你说说，听河摔得都淌血了，他这裤子咋这么结实呢？"

"嗨，这是日本子生产的成品裤子，听说都是在工厂里用机器压制的。布料厚实，穿着舒服，而且还比咱中国的土布便宜好多。"

"哦哦，小日本子够厉害的！咱中国也不知道啥时候才能制出这么好的裤子来。"唤河感慨道。

"啥时候？咱这关外都成殖民地了，肯定没戏。关内嘛，我听萧军大哥说过，现在是'刮民党'的天下，那些当官的都只顾着升官发财，哪有半点子救国救民的心思。就这个熊样子，咱中国的裤子还想超过日本？我看我这辈子是看不到那一天了！"

5

沈阳的夏天要比哈尔滨热得多。进了最热的八月，啸河觉得屋子简直变成了太上老君的炼丹炉，每晚只好扯个破席子，带上唤河去院子里睡了。听河却不嫌热，还是睡在炕上。

一天夜里，唤河起来去尿尿，刚走到院子角落，就看见听河慌慌张张地站了起来。

"你小子，半夜起来拉屎啊？"唤河随口问了一句。听河没有理他，提上裤子回了屋。

唤河也没在意，尿完就回去倒头睡了。第二天早上起来，他才觉得好像有点儿不对劲：昨夜没闻到臭味，看来听河没有拉屎，那他蹲着干吗呢？啊，难道是尿尿吗？一个男孩子为啥蹲着尿尿？想到这里，唤河登时打了个激灵。

当天是初一，听河因要留在家里等房东上门收房租，就没跟啸河他们去广告社。兄弟俩走在上班路上，唤河忍不住说了出来："哥，你信不信？听河她其实是个女孩儿！"

没想到啸河一点儿都不惊讶，只是扯了扯嘴角，微微地笑了笑。

"啥？你这是早就知道了？那咋就不说一声，瞒着我！"

"没错，听河跟咱回来的第二天我就知道了。要不她睡觉时从来不脱里衣？而且还老在枕头下面垫着一把刀？你想啊，她既然不想让咱们知道她是女孩，那就肯定有她的苦衷。你有没有好好看看她的眼睛？那里头藏着可多的苦了！小小年纪，也真是难为她了。"

"这都半年了，真有你的！"唤河虽然有点儿愤愤不平，但因突然就确定了听河真是个女孩儿，心中的不快还是马上就被震惊给取代了。

"你自己没个眉眼高低，反倒赖我不告诉你了？再说了，人家听河自己觉得瞒得挺好的，我为啥要揭穿她呢？"

"算了，她瞒得是太好了！我一点儿都没意识到。我做梦也没想到，竟然跟一个女的在一张炕上睡了半年！"

"那有啥的？她还那么小，还见天跟个野小子似的，你还是把她当弟弟看就行了。"

"你是说，继续帮她瞒着？"

"瞒着呗，等她长大了自然就不瞒了。"

"好，到那时候就得叫她妹妹了吧？"

"那当然了！你知道吧，咱妈活着的时候，可巴望着能有个闺女了。她要是地下有知，不知道该多高兴呢！"

"这个我知道！你别说，现在想想，听河还真是挺好看的，鼻子是鼻子，眼是眼的。"

"那可不！人家是个姑娘家，能跟你似的吗？鼻子不是鼻子，眼不是眼的？"

兄弟俩一路拌着嘴，高高兴兴地去了广告社上班。直到这时，他们都没有想到，今天是他们在沈阳的最后一天了。

6

当天下午，老骆让啸河出去买漆。

油漆店离得不远，一来一去也就半个小时。可啸河回来时已是 3 点多了。

还没等老板开口问，啸河就先眉飞色舞地解释了一通。原来他好巧不巧地遇到了一位远房亲戚，这人在大连电报局工作，现在当上副局长了，一看啸河一身油漆的落魄样儿，当时就说要带他去大连当电报员去。

"对不起了，骆老板，我和唤河明天一早就得跟我这位老姑夫去大连了。"啸河给老骆鞠了一躬。

老骆是个厚道人，一听也为啸河高兴，当即就给清算了工资，把兄弟俩送了出来。

走出老骆的视线后，啸河立即加快了脚步。唤河跟在后面小跑，心扑通扑通直跳。他知道那个所谓的老姑夫根本就不存在，看样子啸河八成是和组织接上头了，只是不知道是不是真的要去大连。

兄弟俩急匆匆地回到家，听河正在摘菜。啸河冲听河摆摆手，把俩人都带进屋里，然后关紧了屋门。唤河和听河互相看了一眼，都明白这是出大事了。

啸河定了定神，开口了："我去买漆，路过《盛京时报》报栏，就停下看了看。看到金先生……金先生他，在齐齐哈尔，被日本子杀害了。"说到这里，他再也忍不住了，眼泪哗地一下落了下来。

"天哪！"唤河低叫一声，顿时也泪流满面。

听河也跟着哭了。她虽然没见过金剑啸，但早已从啸河、唤河那里听说过这个人物了。在她的心里，早已认定金剑啸是个大好人了。她想不通，为什么好人都不能长命，跟着又想起了自己惨死的爹娘，就蹲在那儿哭得更厉害了。

啸河知道眼下不是哭的时候，连忙强忍悲痛，动手收拾起了行囊。从看到报纸上印的"匪首金剑啸已在齐齐哈尔伏法"，到现在不过才过去了两个多小时。可对啸河来说，这两小时简直比过去的两年多时间还要难熬。他既不能让别人看出来悲痛，又得赶紧思谋下一步该怎么办，回了广告社还得装出欢天喜地的样子辞工。天知道他是怎么熬过来的。

"咱得走了？是去大连吗？"唤河揸着眼睛，止住了哭。

"嗯，你们俩也赶紧收拾收拾，咱今晚就走。"啸河示意唤河帮他撑开手中的麻袋，把棉被都塞了进去。塞好后他才从怀里掏出一份地图，回答了第二个问题："不去大连，咱去山海关。咱们从那里到关内去。"

"咱们没有那个通关的证，咋到关内去？"

"想弄到那个证是没门儿，咱们只能想办法偷偷地越境了。"

"好！哥，红姐说过的，天无绝人之路。"

"没错，天无绝人之路！"啸河一边收拾东西，一边解释了为什么得连夜走。原来，金先生是前儿 8 月 15日牺牲的，报上今天登这条新闻的同时，也登出了几个"漏网者"的照片，其中就有啸河的。这张照片啸河从来没见过，但他还是一下子就明白了——应该是从他们之前拍的合影上裁下来的。

那还是二萧离开哈尔滨后不久的事，啸河在报社和金剑啸等同事一起拍了张合影。后来还没等洗出来，啸河就匆匆地离开哈尔滨到沈阳来了。这张照片估计在金剑啸被捕时就被日本军警搜去了，只是那时候可能还没有引起他们的注意。等到要杀害金剑啸时，日本子重又审查起与他有关的一切来，这一来就把啸河给扒拉出来了。由于这张照片距今不过两年多，见过啸河的人仔细一看，就能反应过来这是他。在这种情势下，当然是越快离开沈阳越好！

7

《盛京时报》是沈阳最大的报纸。既然它都把沈啸河给公开报出来了，那日本子的侦缉系统也不是吃素的，肯定早已撒下网了。

啸河知道，自己再也无法乘坐任何交通工具，只能靠双腿走到山海关了。他原本想让唤河带着听河坐火车去，可一来两个小家伙坚决不同意，二来他心里也怕这样会和他俩走散了，于是最终决定还是三个人一起走。

沈阳到山海关将近一千里路，三个人这一走就走了一个多月。一路都是平原，其实并不难走，之所以多花了很多时间，主要是因为他们得想法子绕过一个又一个关卡，很多时候不得不迂回前进。为了不引发怀疑，啸河乔装打扮了一番，把自己变成了一个又傻又懒怠的叫花子。唤河和听河有样学样，一人背一个口袋，手里再拿上一根打狗棒，自然就成了大叫花子带着的两个小叫花子。他们晓行夜宿，专拣人迹罕至的乡间小路走，虽然这一路上每天都是又累又饿，还常常吃不到一口热的，但总算是有惊无险，平平安安地走到了山海关。

啸河心细如发，当看到山海关的城门后就决定不走了。他带着唤河和听河转头扎进附近的一个村子，在一个豆秸垛下落了脚。接下来的两天里，他们挨家挨户上门乞讨，一边挥舞着打狗棒戳狗牙，一边借机和主家搭话，很快就在村子里混了个脸熟。

等到第三天，山海关城里逢集。啸河觉得机会来了，就带着俩小的跟着赶集的村民们趁热闹混了进去。

进城以后，啸河不敢冒险到关口去，就让唤河和听河摸过去看看。他自己去了邮局，想要给胡小梅寄一封信。原本他想在这里待上十天半个月的，等收到小梅的回信后再走，可还没走到邮局他就改了主意——这里的日本军警太多了，自己随时有可能暴露！信是早就写好了的，他拿出来加了一句："这里不能待，别回信，等我到了秦皇岛再通信。"随后就把信投进了邮筒。

直到日头上了正南，唤河和听河才终于来到邮局门口跟啸河会合。啸河早已等得不耐烦了，一见他俩的人影，立马就拔脚往人少的地方走去。

唤河带着听河跟上来，悄悄地对啸河说了一句："哥，不行！"

啸河啥也没说，领着他俩到了一个馄饨摊，要了两碗馄饨。分着吃完后，他们就混在赶完集回家的村民中出了城。

出城走了四五里路后，他们来到了一个岔路口。这时走在最前头的啸河突然将手中的打狗棒抬起来，往西北方向一指，接着人就拐到了那条道上。这段日子，三个人已经形成了默契。每当这种时候，唤河和听河从不废话，只管默默地跟着啸河往前走。该告诉他们为什么这么走的时候，啸河自然就会说了。

一直走到夕阳西下，他们才在一个破庙里歇了下来。

"今晚咱们就睡在这里了。"啸河说着，从麻袋里掏出被子，麻利地铺在了大殿里的一堆稻草上。

"行，我去看看哪里有水，打水回来做饭。"唤河像往常一样，解开口袋拿出了一只小铁锅。谁知他一个没拿住，小铁锅掉在了地上，发出哐的一声响。

啸河一看就火了："瞅你毛楞的！急溜啥？就不能小心点儿？吃，吃，你就知道吃！一天天的，啥也不是！"

唤河不敢动了，埋着眼睛，手足无措地看着脚尖。

乖巧的听河连忙跑过来，把那只小铁锅塞回口袋，还把肚子鼓起来拍了拍，打了个"我不饿"的手势。

啸河不好意思再发火了，长长地叹了一口气。

"哥，你别发愁，再看看地图吧！咱肯定能偷偷过去。"唤河的嗓音有点儿往里卷。他最近总是用很重的鼻音说话，啸河开始还以为他是感冒了鼻塞，现在才突然意识到，他这是到了年龄，开始变声了。

"唤河，你长大了！"啸河带着歉意拍了拍唤河的肩。

"不行不行，我还不到一米五呢。你说我不会随咱妈吧？长不高。"

"不会的，我也是小时候不长个儿，到了十五岁才开始长的，三年就长到了一米八。你今天在关口那里量的？"

"嗯，照着那墙上画着的尺子量了一下。听河都一米三了。"

"听河是个好孩子，快快长！"啸河伸手刮了一下听河的小鼻子。他是打心眼儿里怜惜这个哑女孩的。

"哥，你知道那个关口有多吓人吧？"

"知道，听说入关、出关的人都得分成两排，男一排，女一排，查得可严了。所以，我一开始就没有抱太大希望。"

"嗨，排队算啥？我和听河只是凑过去量了个身高，就被呵斥了一顿，幸亏我俩跑得快，不然就得挨上一枪托了！没办法，我俩就跑到它对面一个钉马掌的摊儿前，蹲在那儿装作看钉马掌玩儿，这才摸清了情况。"

"啥情况，出关的人多不多？"

"出关的人不多，我数着，一上午才二十六个人。别看人不多，检查得老仔细了，每个都得好长时间。完了还抓起来五个，就这还都是有那个什么证的呢！"

"啊？日本子这么狠啊！有证也不行？"

"对啊！哥，你说奇不奇怪，出关的人那么少，进关的人咋那么多，排着长队，这一天怎么也得放进来好几百人。”

“进关的有被抓起来的吗？”

“也有，但是少。一上午就抓起来两个。听说都是从山东过来的。”

“山东啊？对了，唤河，咱爹活着的时候说过，咱祖上也是山东的，是咱爷爷那一辈过来闯关东的。老家在山东临沂，叫夏蔚镇，咱爹还念叨过，说等有机会要回去看看呢。”

“咱祖上是山东临沂，这个我听咱娘说过。是在夏蔚镇吗？没说这么细。”

“嗯，夏天的夏，蔚蓝色的蔚。将来等咱到了秦皇岛，就能找机会回老家看看了。”

“去秦皇岛？好啊！”唤河还是第一次听啸河说要去秦皇岛，“不过老家还是别回了。我在钉马掌的那儿听到好几个人诉苦，有两个就是临沂来的，说是叫老蒋给祸祸得活不下去了，要不谁朝这冻死人的东北跑呢！”

“就是说嘛，这里可是那什么‘满洲国’，日本子的天下，中国人在这里都是二等公民。你还记得老卢叔那天晚上说的话不？他说：南斗星还没注定生，北斗星就注定了死，人活着都是个命！那些老乡要不是真活不下去了，肯定不会跑到这儿来的。”

　　唤河完全不记得三顺爸说过这样的话，但心里明白哥哥只是发个感慨，并没有向他求证的意思，就胡乱点点头，沉默不语了。

　　听河刚才一直静静地坐在那儿听，这时见啸河兄弟俩都不说话了，才打着手势问：那个地方在哪儿？

　　啸河知道她问的是秦皇岛，就拿出地图指给她看："就是这儿，离咱们也就五六十里路，是最近的没有被日本子占了的城市。"

　　"哥，看着是不远，可咱们怎么过去啊？"唤河探过脑袋来问。

　　"你看，这里是山海关，朝北再朝西延伸的这条方折线就是万里长城了。长城就是所谓'满洲国'的'边境线'。咱们在这儿过不去，那就顺着长城朝西北方多走走，先去这个九门口试试，不行再去下一段。功夫不负有心人，我就不信找不到一个把守不严的地方！"

8

　　啸河没想到，九门口是一段水上长城，要过去必须通过唯一的一座桥。桥头的日本军警倒是不多，可二鬼子"满洲国防军"不老少，啸河一看就知道没戏，只好带上唤河、听河继续顺着长城朝西北走。

过了九门口，啸河他们就走进了绵延八百多里的燕山山脉。这里到处都是崇山峻岭，可比从沈阳到山海关的那一马平川要难走多了。

那张地图很简陋，没有标明这里都是大山。啸河不由得暗暗叫苦，可又没别的办法，只好硬着头皮朝前走。六天后，不知道翻越了多少山岭的他们终于走到了箭杆岭村，又一次来到了长城的脚下。黄昏时分，啸河悄悄地摸到岭顶近前一看，发现还是不行，城墙上每隔两三百米就有两个"满洲国防军"驻防，一个个都挎着步枪、探照灯，根本就别想在他们眼皮子底下翻到对面去。

这时时序已过了中秋节，进入十月了。天气已转清寒，山上的树叶发黄的发黄，变红的变红，田里的庄稼也都收完了。啸河他们经常会碰见一些野秋官儿。虽然有时也会跟在人家身后翻找红薯、花生，但每逢这时兄弟俩就会像约好了似的，都紧绷着脸巴子，一声不吭。

啸河每次看到野秋官儿，心里就会特别不是滋味。那段时间由于日本军警突然严查他们报社的往来邮件，妈妈写来的信他都没能收到，妈妈托人带给他的口信也都错过了。可即便这样他也该早点儿回家看看的，那样的话妈妈就不用去当野秋官儿，也就不会被日本子给害死了。

唤河还小，心里没有那么多事，只是一碰到野秋官儿就会想妈妈。想得多了，他就有点儿犯迷糊：妈妈的身量那么小，怎么会抱得动他、背得动他呢？他永远都会记得，在一个漆黑的寒夜里，他因发烧而浑身滚烫，妈妈一把抱起他，急急地顶着风雪朝诊所赶……

从地图上看，啸河他们这几天一直在离秦皇岛不远的地方兜圈子，如果能翻过长城，那再到秦皇岛去都不过只需再走上几十里。但若是从这里再往西走，就会离秦皇岛越来越远了。

啸河心里明白，既然已经走到这一步了，看来就只能一条路走到黑了。只要能够顺利地偷偷过去，哪怕是离秦皇岛再远二百里呢，那也值！

就这么着，他们仨又沿着长城往西走了一个月。天气一天比一天凉了，三个人一路翻山越岭、穿村过庄，见到有人烟的地方就去上门戳狗牙、要饭，走到荒野处就摸到长城脚下，看那上头有没有人把守。然而长城上到处都戒备森严，他们愣是没找着机会。

一天傍晚，他们正抖抖索索地走在霜风里，眼尖的唤河突然看到天上在过大雁，忙指给啸河看。

只见几百只大雁结成一个人字形的雁阵，正在飞越群山，飞越长城。这雁阵带有一种高冷的气度，穿行于莽苍苍的空阔天际，令人一望便生出怅然寂寥之情。"嘎——啾——嘎——啾——"，偶有一两声凄厉的雁鸣传来，更是叫天涯孤旅者抓心挠肺。

啸河凝神望了一会儿，说了一句："这冷飕的，整个一'天风吹送广寒秋'啊。等到大雁过完了，就该下雪了。"这么说着，他心想可得赶紧加把劲儿闯出去，不然就得在这大山里过冬了，自己倒是没事，两个孩子可不能给冻坏了。

打开地图看看，啸河发现已走到马蹄峪了，再拿手一比量，只见这里离秦皇岛比离北平都远了。

"得，咱不去秦皇岛了，去北平！"啸河做了决定。

"行啊！哥，罗先生就在北平，咱去找他去！"唤河本来已累得一动也不想动了，这时听说要去北平，瞬间又欢实起来了。

在他心里，天天赶路累是累，但从来就没觉得苦，反而感到很好玩儿。这种好玩儿很难说清楚，大概半是源自长城沿线的野趣，半是源自和啸河、听河在一起的那种踏实感。

　　十一月底的一天，啸河他们走到了安营寨村。看地图，从这里再往西走上三里路，就是墙子路关了。这是他们一路走来距离北平最近的一个关口，如果这里还是不能过去，那就得再向北折过去一百里路，到司马台长城去找机会了。

　　从山海关出发那天起，到现在已经过去快两个半月了，啸河带着唤河和听河从秋天走到了冬天，早已人困马乏，耐心也只剩最后一点点了。他想，就在这安营寨找个能挡风的地儿安营吧，然后上到墙子路关去好好探看探看，这回只要有万分之一的可能性，那就拼了命也要冲到对面去。

　　两天之后，啸河已把墙子路关摸透了。这个关口是明代建成的，位于清水河南侧，长城墙体依山势由南向北起伏，整体呈"V"字形。南端最高处有一座巍峨的敌楼，当地人叫"高尖楼"。这"高尖楼"直插苍穹，若是从"V"字形谷底举头向上看，就能看到那一段城墙又高又陡，险峻极了，就跟天梯似的。或许是因为"高尖楼"里比较暖和，驻有两个日本兵，而"V"字形北端高处的敌楼损毁比较严重，挡风不行，就成了两个二鬼子"满洲国防军"的驻防点。谷底那段城墙空空荡荡的，如果从这里翻越，虽然城墙两边都砌有锯齿状的雉堞和垛墙，倒也不是难事。万一日本兵或者二鬼子发现了，要从高处下来追也会很费劲，除非他们开枪。

啸河在心里好好推演了一番，觉得从这里突过去应该没问题。这安营寨还真是一块福地啊，他这样想着，脸上难得地露出了笑模样。

9

第三天是 12 月 1 日。早上起来，晴空万里。谁想好景不长，阳光才刚照到长城上一会儿，就被突起的狂风给撕扯得七零八落了。放眼望去，茫茫燕山一片黯淡，山间湿气飘荡，一场雪已在氤氲着了。

简单地吃过午饭后，啸河便带着唤河和听河悄悄地摸出了安营寨。为了掩人耳目，他们先顺着清水河朝东边走去。没想到沿河才拐了个弯儿，天上就飘起了雪花，喜得啸河连说："天助我也！天助我也！"天寒地冻，田野里本就看不到几个人，这一下雪，那几个砍柴、放羊、拾粪的人就也都溜回家去了。烈风飞雪，啸河抬眼四望，见天地间只盘旋着一只老鹰，一个人影也没有了，心说好嘛，这也用不着伪装了，便喜滋滋地掉头向西，直奔墙子路关而去了。

一路上朔风凛凛，瑞雪霏霏，但见山如玉簇，林似银妆。

唤河冻得受不了，嚷道："这天儿咋这么冷！还让不让人活了？"

啸河便逗他："小老歪同志，你不是喜欢听评书《三国演义》吗？那你知不知道，刘备二顾茅庐之时，跟张飞说的啥？"

"嗨，我知道，那天也是这么个大雪天，刘备是这么跟张飞说的：兄弟啊，你要是嫌冷就回去吧！张飞回答了八个字：死且不怕，岂怕冷乎？"

"得，好一个'死且不怕，岂怕冷乎'！小老歪同志记性不错嘛。那今天我就是刘备，你就是张飞，好不好？"

"那咱仨就是刘关张三结义，听河就是关公呗？不行不行，那我还得管她叫二哥了！"

兄弟俩都乐了。听河也乐得嘎嘎的。她的小脸本就红扑扑的，被雪气一哈，还真有点儿那红脸关公的英武劲儿了。

天黑下来的时候，风停了，雪却下得更紧了。啸河他们穿过几片阴森的老榆树林子，顺利地爬上了墙子路关"V"字形谷底东侧的斜坡。这儿有一片稀疏的小松树林，他们就埋伏在了林下。从这里只需向前突进个几十步，就能攀爬到城墙上。若是到了城墙上还没有被发现，那就差不多等于大功告成了，因为越过城墙后再向西跑上一段，就完全是中国人的地盘了。

今天是农历十月十八。俗话说："十七十八，摸黑一霎。"天黑了以后，月亮要等过一会儿才能升起来。原本趁着这天色最黑的时候突进是最好的，可没想到雪光映得比月光还亮，人趴在那里根本就不敢动。

那雪纷纷扬扬地还在下。唤河恨得牙痒痒，忍不住低声诅咒了一句。啸河小声说："瞅你毛楞的，急溜啥？这雪多好啊！梅花照雪，知道吧？你裹好被子，在脑子里想想，要是这长城上现在能有一枝梅花……"

"行了行了，啥梅花？我看你是想我小梅姐了吧。"

"哎，别说，你小梅姐要是能看到这副景致，非得美坏了不可。"啸河说着，蓦地想起了三年前离开呼兰的那个早晨，当时胡小梅跑来送他，那模样儿是多么娇憨啊！要到什么时候才能再相见？呼兰现在是不是也在下雪？啸河想得痴了。

听河也痴了一般，趴在那里安安静静的，只瞪大了眼睛往远处看。啸河说得对，眼前这银龙似的雪长城实在太美了！

　　不知过了多久，雪停了，南北两端的敌楼里都生起了火，估计是里头的人开始做晚饭了。

　　"哥。"唤河努努嘴，意思是咱冲过去吧。

　　啸河摇了摇头。他把身上的被子裹得更紧了些，绷起瘦削的脸，缓缓吐出了一句："不急，等到半夜他们都睡着了，咱们再冲。"

第六章

长，

长，

长城长的长

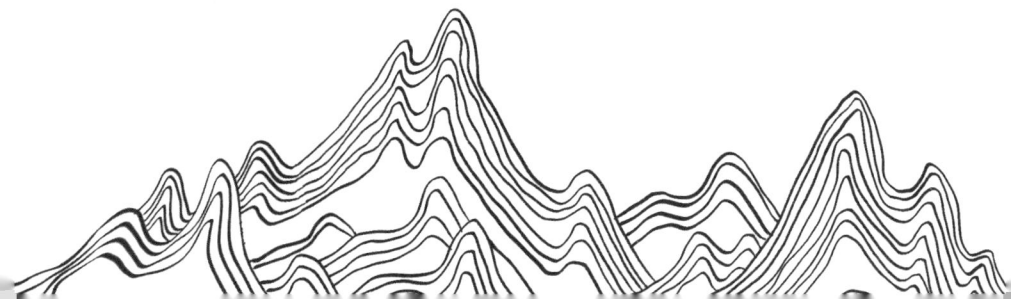

1

夜深了，一轮圆月挂到了空中。唤河和听河都睡着了。

"醒醒，哎，唤河。醒醒，听河，快醒醒。"啸河低声叫醒了他们。他始终没有睡，一直在盯着那两座敌楼。那里开始时还有动静，"高尖楼"里还一度传来了呜里哇啦的日本歌，现在都已静悄悄的了。

"唤河，听河，不冷吧？你们都在被窝里活动活动手脚吧！再过一会儿，咱们就要冲过去了。到时候你们一定要拼命跑，能跑多快就跑多快！"

"不冷，哥。下雪不冷化雪冷。"唤河抿着嘴答应。

听河侧过脸来看看啸河，用力地点了点头。

不知道为什么，啸河突然想到：自己像唤河、听河这么大时在干吗呢？他记得自己那时先是在呼兰县城读高小，后来就去了哈尔滨当排字工，可是具体都干了些啥呢？他感到大脑一片空白。那时自己也曾像唤河这样抿着嘴答应什么吗？还是也曾像听河这样，侧过脸看着一个人用力点头？那自己是从什么时候变成今天的沈啸河的呢？是从跟着金先生印传单呢，还是从开始和胡小梅通信？怎么好像才一转眼的工夫，自己就满二十一岁了呢？不行不行，一定是这两年在沈阳太虚度时光了，才会感觉自己啥都没干。等到了北平，一定要想法跟组织接上头，再投入到火热的战斗中去！

雪后的空气带着一股寒气，清冽极了。啸河这样一想，觉得浑身都清爽起来了，就轻声逗起了唤河："唤河，你看看这月亮，能不能想起国语课本上的一句诗？"

"这月亮好高啊……我想起来了！秋月高高照长城，罗先生教过的。"

"不错不错！不过这都过了下元节了，不是秋月了，得改成冬月才应景。"

"嗨，甭管秋月还是冬月，反正都是照长城。"

"得，你们出来准备吧，千万别出动静！"

三个人悄没声地钻出被窝，把被子都装进了口袋。啸河蹲在地上，又盯了一会儿那两个敌楼，然后就猛地一挥手，开始行动了。

好在山上的雪不厚，只覆了薄薄的一层，踩上去没什么动静。三个人以最轻的动作、最快的速度向前冲去，神不知鬼不觉地攀过城墙的东垛墙，上到了城墙上。上去之后，他们几步就跑到了西垛墙墙根，把背着的口袋通过雉堞间的缺口丢到了城墙外边。随后唤河第一个跨过西垛墙，跳了下去。啸河紧跟着跳了下来。跳下来后他才发现，西垛墙离地面比东垛墙要高出很多，怕听河不敢朝下跳，就连忙转过身去伸出胳膊，想要接应一下她。

　　谁知就在这个节骨眼，听河脚下打了个趔趄，一只脚被卡在了砖缝里。她急得龇牙咧嘴的，拼命蹬腿挣扎，可就是没法拔出来。啸河见状急忙爬回到城墙上，一边低声安抚她别急，一边帮她试着活动脚腕。两个人折腾了半天，还是不行，听河又疼又急，额头上渗出了豆大的汗珠子。啸河心知这时不能慌，就蹲下去仔细查看那条砖缝。原来听河刚才一脚蹬碎了一块烂砖，跟着整只脚就都陷进了城墙里。可恨的是，烂砖只有那一块，它旁边的邻居都是嘎嘎硬的青砖，要想帮听河把脚拔出来，就必须把卡住她脚后跟的那块青砖砸碎。

　　可拿啥砸呢？听河听见啸河自言自语，忙从怀里掏出那把小菜刀递给了他。啸河试了试，发现压根使不上劲，就又还给了听河，心想这时候要是有把锤子就好了。

　　看到唤河踮着脚把头探了上来，啸河灵机一动，忙让他快去找块石头来。石头很快就找来了，啸河试着轻轻地砸，那砖却纹丝不动。咋办呢？他心想只能赌一把了，就用足力气呼通一下砸了下去。

一下不行，啸河又砸了一下。这时他心里已有了准备——日本子肯定会被惊醒了。

果然，"高尖楼"里的两个日本子先跑了出来，哗啦一声把枪栓拉上了："什么滴干活？八格牙路！"紧接着，北端敌楼的两个二鬼子也钻了出来："不许动！动就开枪了！"

这时那块砖已被砸进了城墙里，啸河一把把听河抱上了垛墙。正当他也要跨上垛墙时，"砰砰砰砰"，枪响了。

听河呼地朝下一跳，唤河在底下稳稳地接住了她。与此同时，啸河却软软地瘫倒在了城墙上。日本兵的枪法很准，有一枪击穿了啸河的大腿。

啸河挣扎着想要站起身来，但那条大腿已全然不听他指挥了。鲜血喷洒在雪长城上，画出了一枝撼人心魄的梅花。

日本子打开了探照灯，啸河坐在地上一动不动。

"哥！"唤河低叫。

"快跑！你们俩快跑！我动不了了，你们不跑，咱们仨都得被抓住，快跑！快快！"啸河强忍剧痛，急急地低吼道。

　　城墙西侧灌木丛生，唤河慌乱中顾不上去拿口袋了，领着听河就跌跌撞撞地向着坡下跑去。

　　两个二鬼子先下到了谷底，见啸河伤得不轻，心知跑不了，就连忙翻出城墙追唤河他们去了。

　　很快，两个日本兵也下到了谷底，一边一个把啸河架起来，押着他朝"高尖楼"走去。这段城墙又陡又高，等爬到顶上，三个人都累得气喘吁吁了。"高尖楼"的北门很小，一个日本兵放开啸河，自己先进去了。门口就剩下了啸河和另一个日本兵。啸河脑子飞速旋转，突地想起了萧军教过他的一个绝招，于是猛一闪身，使出全身的力气，一拳砸在了那日本兵的腿弯处。那日本兵发出一声惊叫，随之跪在了地上，上半身不由自主地向后仰去。啸河眼疾手快，跟着冲着他的面门狠命劈出了一掌。那家伙闷哼一声，被劈得向后倒了下去，随之就不受控制地沿着城墙滚下去了。

　　先进屋去的那个日本兵听到动静，急忙冲了出来。他挥起拳头，重重地砸在了啸河的耳旁。啸河猝不及防，被这一拳打得头歪了一歪。好在他天生精瘦，行动敏捷，还跟个牛犊子似的特别有劲儿，是以并没有被打倒。只见他身形一矮，伸出两手抓住那日本兵的双臂，猛力向上一掀，接着就紧紧地箍住了他的腰。

"啊！"那日本兵感到自己的腰要断了，忍不住发出一声惨叫。

那两个二鬼子听到惨叫，知道老巢出事了，连忙掉头朝回跑。唤河和听河这时已跑到了坡下。看到两个二鬼子回去了，唤河知道已安全了，就招呼听河停了下来。他的大脑也在飞速旋转，拼命想怎样才能把啸河救出来。

啸河死劲箍着日本兵，拼命朝东挪动。在决心跟他们拼了的时候，他就已观察好了：这"高尖楼"门口的东侧，五步之外便是百多米高的悬崖峭壁，摔下去肯定就没命了。

那个日本兵反应过来了，敢情这是要同归于尽啊！他开始拼命向后挣，但他求生的欲望终于没能拗得过啸河求死的心。

"狗娘养的日本鬼子，老子跟你拼了！"啸河从胸腔里迸出最后一声怒吼，躬身向着悬崖猛冲了过去……

月光和雪光交映，唤河和听河看得真切，也听得真切。

"天哪，哥！哥啊！"唤河撕心裂肺地喊。

"哥！我害了你，是我害了你！"听河这个小哑巴，这时竟然也放声哭叫起来了。

2

那两个二鬼子慌慌张张地回到城墙上，见那个滚下来的日本兵正躺在地上大声呻吟，忙上前查看伤情。转眼之间，两个日本兵就一死一伤了，俩二鬼子心里不由得阵阵发慌。两人一商量，决定先赶紧抢救伤员，于是就把那个日本兵抬上三轮摩托挎子，朝着队部医院开去了。

长城的雪夜是那样的寂静，轰鸣的马达声传得很远很远。唤河听到后，略一沉思，就跳起来向着城墙爬去了。

"唤河哥，你干啥？"听河一把拽住了唤河的衣角。

"别拦着我，我去看看我哥去！"唤河使劲挣了一下。

"唤河哥，你这不是去找死吗？"听河拽着唤河的衣角，不放手。她的黑眼睛里噙着泪花。

"你还有脸叫我哥？一天天的，就知道半天云里张口袋——装风（疯）呢！别装了，我们早就知道你是女的了，就是不知道你不是哑巴。"唤河接受不了啸河的离去，把气一股脑都撒到了听河的身上。

"啊，你们知道我是女的？唉，唤河哥，我没想装疯，那都是……"听河抽泣着，说不下去了。

唤河看到听河楚楚可怜的样子，想起啸河说过她肯定有自己的苦衷，心软了："好，你别哭了，放开我吧。你刚才没听到马达响吗？我猜那帮瘪犊子都撤了。"

"那好，我跟你一起去！"听河虽压着嗓子，语气却非常坚决。和啸河兄弟一起生活了这么长时间，听河早就在心里把他们当亲人了。如今啸河死了，这世上她就只有唤河这一个亲人了。前路茫茫，就是死，她也要和唤河死在一起！

唤河拗不过听河，只好点点头答应了。两个人悄悄地摸到城墙上，又大着胆子爬到了"高尖楼"。楼门开着，唤河朝里看了一眼，果然没人。他走到悬崖边上，探头看了看，只见崖底的雪地上依稀趴着两团黑影。

"哥啊！"唤河哭喊一声，双膝跪在了地上。

听河走过来，挨着唤河跪下了。月光下，她的眼泪就像断了线的珠子，无声地爬过小小的脸颊，啪嗒啪嗒地落到了雪地上。

不知跪了多久，听河突然听到远处传来了摩托车的马达声，连忙推推唤河："唤河哥，咱得走了，日本子要回来了！"

"好！"唤河站了起来，麻利地跨进"高尖楼"中，借着月光找到探照灯，啪地一下打开了。四处照了照后，他取下墙上挂着的一个挎包，把桌子上的几个肉罐头都装了进去，然后拎起角落里放着的一个煤油桶，把里头的煤油泼到了床铺上。

浓烈的煤油味直呛鼻子，唤河拉着听河走出门，划着一根火柴，朝着床铺扔了过去。霎时那火就烧起来了。

"走！"唤河拉了一把听河，飞快地跑到谷底，翻到了城墙西侧。

听河一落地就喊了一声："咱们的行李！"

唤河把啸河的麻袋扛在了肩上："只拿我哥的这个，别的不要了！"

等到他们下到坡底，沿着小路朝西南奔跑的时候，月亮已经落下去了。那直插云天的"高尖楼"已烧成了野火楼，远看就像一支巨大的火把。

"唤河哥，那楼多好看啊，你不该烧了它的。"听河站住脚回头看着，感到一阵可惜。

"没事，你放心，长城是砖石垒的，烧不坏。我烧的是那帮狗日本子！"

3

第二天一整天，唤河和听河都没敢停下脚步。两个人一口气走了六十多里路，到了巨各庄镇才算放了心。

在路上，唤河把那几个肉罐头和听河分着吃了。穿过一片坟地后，他们决定坐下来歇歇脚。这时唤河才注意到那个挎包上印着日本子的军旗，连忙把它扔到了野狗刨出的一个土洞子里。

巨各庄镇不像朝阳堡镇那么大，但房屋看上去要气派多了，几乎家家户户门口都有劈柴堆、干草垛，看来这里的人们都不缺烧的。

当天晚上，唤河和听河找了条深长的巷子钻进去，靠着一个干草垛躺下了。从昨天半夜到现在，他们又是逃跑又是赶路，都已累极了，可躺下后却睡不着。

"听河，没睡吧？你是哪里人？真名叫个啥？"唤河低声问道。他怕声音大了会吵醒主家。

听河小声答道："唤河哥，我是贵州人，真名叫沈蓠。"

"贵州？不是在老南边，特别远吗？那你咋会去沈阳呢？"

"我爹在沈阳当兵，来信说当上了军官，让我娘带我去找他。我们坐了一个星期的火车才到。那年我才三岁。"

"你爹是军官啊，那你不是大小姐了？咋又成了戳狗牙子要饭的？"

"唉，好日子过了不到一年，我爹在皇姑屯叫日本子给炸死了。"

"啊，我知道那个，我哥说过的，叫'九一八事变'，日本子炸了皇姑屯。"唤河翻了个身，脸朝着听河，"那我以后还是叫你的真名好了，沈蓠？"

"对，沈蓠。但我还是叫罗听河吧。啸河哥是为了我才死的……"听河说着，眼泪又流了出来。

"罗听河？哦哦，忘了告诉你了，其实我们不姓罗，姓沈。我哥那时候怕暴露，才改的姓。"

"这么巧吗？你们也姓沈啊！那我这姓还不用改了。好，那以后我就叫沈听河好了。"听河的眼睛亮闪闪的，跟着又补了一句："只要你不嫌弃我，我就永远当你的妹妹。"

唤河的心里涌过一阵热浪，伸出手抚摸了一下听河的小脑袋："我怎么会嫌弃你呢？咱们这是生死之交，懂吗？以后，我永远当你的哥哥！"

"好啊，唤河哥，你不生我的气了吧？我早就不想装男孩、装哑巴了，可是一直不好意思。"

"没事，哪有哥哥生妹妹的气的。刚才还没说完，你爹死了之后呢？"

"我爹死了，我娘就搂着我哭，真是把眼泪都哭干了！我娘她唱戏可好听了，后来就靠卖唱养活我。那时候虽然也经常吃不上饭，但我每天都可开心了，一门心思就知道玩儿。到我六岁那年，我娘得了一场病，也死了。临死时，她把我托付给了一个戏班子。唤河哥你不知道，那戏班子可埋汰了，才不是人待的地方呢！我要不是瞅了个空子逃出来，八成早就被他们给折磨死了！"听河说着，怕冷似的把身子蜷缩了起来。

唤河给听河掖了掖被角："那你还能逃出来，真行！在戏班子里待了几年？"

"唉，待了有大半年吧。天天挨打挨骂，吃饭也只能吃师父剩下的。记得有一次饿极了，我偷偷地爬到桌子底下，去跟狗抢吃的……"

"唉，听河，看不出来，你比我还惨！"唤河的心尖尖儿缩了一下。

听河不吱声，沉浸到往事中去了。

"啊，我知道了！你装哑巴、装男孩，是为了不让他们把你找回去，对吧？"

　　"对，我刚逃出来时还想过像我娘那样卖唱，后来一想不行啊，那帮人肯定在到处找我呢！那之前我有个小师姐就是跑了又被他们找了回去，当晚就给活活打死了。她死的时候眼睛睁得大大的，我哭着想要给她合上，但就是怎么也合不上……"

　　"这帮畜生！你等着吧，天老爷会打雷劈了他们的！"

　　"嗯，苍天有眼！其实他们也很可怜，戏班班主的两只眼，都让日本子给戳瞎了……唤河哥，你说，咱们这回逃出来了，以后不会再受日本子欺负了吧？"

　　"不会了！不会了！这边没有日本子，都是中国人，你就放心吧！那，明天咱就去镇上卖唱好不好？挣了钱坐车到北平找罗先生去。"

　　"好嘞，我会唱的戏可多了，肯定能挣到钱！"

4

　　早上起来，听河洗了把脸，拿一块红纸洇了两个红脸蛋，又仔细理了理头发，整个人看上去就精神得很了。

　　等到日上三竿，听河那小身段在镇子中间的空地上一站，立马就有了唱戏的范儿。

　　唤河手里托着水手帽，打算向观众要赏钱。他的心里直打鼓，心知连个伴奏也没有，听河只是清唱，只怕没人愿意来看。

　　"各位大爷大娘大叔大婶大哥大姐，我们兄妹初来宝地卖唱，还请各位多多关照！有钱的帮个钱场，没钱的帮个人场！我们兄妹在这里谢谢您嘞！"唤河没有鼓也没有锣，只能这么大声吆喝。

　　镇上的孩子们最先围了过来。听河翻个手花，将腰肢款款一摆，来了个亮相，接着张嘴就唱："说了个新娘子长得俊，人人见了人人夸。千不该万不该，出嫁路上放了个屁。离她婆家还有七八里，这一屁崩得墙倒屋子塌。她婆家门外长着一棵老枣树，这一屁崩得十年不发芽……"这唱词有趣儿，配上听河夸张的肢体表演，逗得孩子们哈哈大笑。

　　唱完一段后，听河感觉进入状态了，就来了一个云间转腰，随之亮开了嗓子："高高山上一座庙堂，庙院里两个老头儿在那儿烧香……"

　　这一来，镇上的大人们也被吸引了过来。

　　听河是个人来疯，人围得越多，她就唱得越起劲。

随着口中唱出的剧情，她时而眉眼盈盈，时而柳眉倒竖，手指跷若兰花，脚下莲步轻移，一云手，一踢腿，一下腰，一卧云，都能引得众人连连叫好。

唤河看傻了，这哪里还是自己认识的那个小听河呢？他原以为她不过就是像朝阳堡初级小学的那几个女同学，会唱几段小唱罢了，压根没想到人家原来是个行家。当然，到这里唤河心里已经非常有数了，听河不光是个练家子，而且简直是个戏篓子，会的唱段非常多，不仅唱啥都超级好听，而且那表情、身段、动作也都超级好看。

听河一口气唱了一上午。唤河怕她累着，就说咱不唱了，明天再唱吧。可听河说没事儿，这个场子好不容易热起来了，等明天可能就冷了。于是她午饭后休息了一会儿，下午就又唱上了：

"苏三离了洪洞县，将身来在大街前。未曾开口我心中惨哪，过往的君子听我言……"

"云敛晴空，冰轮乍涌，好一派清秋光景……"

"高高山上一棵松，但只见，青枝绿叶往上升……"

不要说唤河没想到，就连听河也没想到，这次卖唱会这么火。下午来的人更多了，人们把他俩围了个里三层外三层。虽然看闲点儿的多、掏钱的少，但等到傍晚收摊，两人还是赚够了去北平的车钱。

夜里唤河又把钱数了一遍，说："够了够了，明天早上咱们就能坐车走了！"

"那太好了！"听河躺在干草垛上，啃着唤河给她买的大鸭梨，"今天我唱了得有六个小时吧？你说我咋没觉着累呢？"

"足足六个小时！你快多吃点儿鸭梨，润润喉咙。"

"我没事，太长时间没唱了，觉得可过瘾了。"

"哎，过瘾吧，你怎么会唱那么多戏啊？又是高高山上一棵松，又是高高山上一座庙堂的。"唤河想起了那一句"秋月高高照长城"，觉得这个"高高"太好了，用在哪里都能让人心里生出一种壮美。

"没什么，唱戏就跟你刷广告牌一样。我小时候在贵州老家就赶三月三对歌会，后来跟我娘学，又在戏班子里学，想不会都不行呢！"听河说完，啪地抬起两腿，将脚尖交叉后重重地向下砸了一下，要多得意有多得意。

"嗬，你这可够虎的！"唤河感叹了一句，"让我想起那谁来了。"

"谁，你红姐呗！"

"你咋知道？"

"听你说过一百遍了，能不知道？"

"红姐那是真虎，天底下好像就没她不敢干的事儿。"

"她装过男孩子吗？没有吧，那我比她虎！"

"行行行，你比红姐虎！好了吧？"

"嘻嘻，那我总比小梅姐虎吧？"

"小梅姐她不虎。你不知道，她一脸麻子，根本就虎不起来……"唤河说到这里，一下子想起了啸河，心就像被人刺了一刀似的，猛地痛起来了。

听河收起了得意，低眉叹道："唉，可怜的小梅姐，她要是知道啸河哥没了，不得疼死啊！"

"啊，对了！"唤河突然想起了一件事，一骨碌爬了起来。

他把那个麻袋拎过来，伸进手去摸索，果然摸出了一沓子信，还有那张地图。他一遍遍地用手心和手指摩挲着地图，仿佛要从中感受啸河的余温。昨晚就该把它们找出来的，自己咋就忘了呢？他暗暗地责备着自己，心想要是啸河还在，一定又会笑骂他一句"瞅你毛楞的，急溜啥"了。

"这些信，等到了北平，我就给小梅姐寄过去。这张地图，就是我哥留给我的念想了。"唤河说着，泪水又一次汹涌而来。

他紧紧地攥着地图，没有伸手去擦，任泪水淹没了脸巴子。

5

到了北平后，唤河一心想要找到罗先生。他接连去了东北同乡会、奉天会馆等东北人扎堆的地方，都没打听到。老北京可比哈尔滨、沈阳都大多了，要想找一个人，那真是跟到大海里捞一根针一样。几天后，唤河明白了一时半会儿甭想找到罗先生，也就灰了心。

自从啸河出事以后，唤河就再也没有笑过。没办法，他的心头正在下雨，眼底自然也就含着霜。

每天一早起来，听河都会跟着唤河四处打探。看到唤河蔫得像个霜打的茄子，她想要安慰安慰他，却又不知道该说些啥，想要讲个笑话逗他开心，却又始终讲不出口。这是因为她和唤河一样，也还没能从那个长城雪夜里走出来。虽然不是亲兄妹，可谁又能比她和啸河的感情深呢！这段日子，她心里无时不在思念着他。

孩子的心很大，大得可以装下那么多过去的事儿；孩子的心又很小，小得只能住进一两个最亲的人。

看看已到年根儿，唤河手头的钱都花光了，得想办法挣钱吃饭了。天气越来越冷，北平城里连个柴火垛也找不到，他俩只能跟着几个老乞丐住在一座桥底下。这可不是长久之计。

现实逼得唤河开始冷静思考了：啸河死了，罗先生找不到，现在只能靠自己了，而且听河这个小家伙也指望着他，一口一个唤河哥地叫着呢，自己可不得把这个哥当起来吗？

当务之急是先找份工作。唤河于是去了广告社集中的大栅栏，一家一家地去问人家招不招人。虽然眼下他特别需要这份工作，但唤河并没有表现得很着急，因为他已提前观察过了，当下各家广告社都很忙，正是缺人手的时候。走了大半天，他最后选了一家愿意预支半个月工资的，当天下午就给人家刷起广告牌子来了。老板一看唤河是个老手，干起活来非常利索，就想把他给留住。正好，老板手头帮工人租的房子还空着一间，便原价转租给了唤河，说好租金从工资里扣。

这一来，连住处都解决了。唤河心说这一定是啸河的在天之灵保佑，连忙跑到那桥底下，把正窝在被窝里忍饥挨饿的听河接了过来。

从这以后，兄妹俩才算是过上了安稳日子。

白天唤河去上班后，听河就在家里洗刷、做饭。她很快就和邻居大妈混熟了，学会了不少吃食的做法。像什么炸酱面、麻豆腐、咯吱盒、糖火烧、炸灌肠，她都能做得有模有样。而她最拿手的，还得是那特能让穷人解馋的卤煮火烧，每每做出来都能引动人肠胃里的馋虫，惹得唤河不知道给她竖了多少大拇指。

可这个家是这么小，要做的家务实在是非常有限。过了个把月，听河就觉得烦闷不已了。有一次，她提出来想上街卖唱，却立马被唤河给叫停了："你以为这里是巨各庄啊，大街上有巡警，不让卖唱呢！"听河不高兴了，噘起了嘴。唤河就变着法儿哄她："你唱得那么好，要是你能在大街上唱，那那些戏园子不就没人去了？"听河到底是小孩心性，不知道唤河是在哄她，便不再嚷这事儿了。

唤河知道听河憋得慌，就每天晚上都教她认字，让她白天在家没事时多练习。这一来倒好，听河就跟魔怔了似的，每天都要把学会的字写上好几十遍，有时连做饭都给忘了。唤河跟她开玩笑："等你认的字够多了，就跟我去广告社上班吧？说不定你还能像红姐那样，给电台、报纸写广告文案呢！"没想到听河却认真起来了："行啊，唤河哥，我要是真能去就好了！不过，我还想着将来能唱戏呢！以后认的字多了，我自己就能看戏本子了！"

听河没想到，自己只是随口一说，唤河就上了心。

过了年没多久，唤河就借着去给戏园子送海报的机会打听起来了。功夫不负有心人，有一天他去大栅栏对过不远的广和楼戏园去，还真叫他逮到了一个机会——这戏园的老板说他们缺一位检场，活儿不累，每天只管演出间隙上台换一下道具，十来岁伶俐的小孩儿最好，给开整劳力三分之一的工钱。唤河一听，正中下怀，就拍着胸脯保举了听河。

当晚唤河就跟听河说了，听河自是欢喜不尽。第二天，她就跑到广和楼戏园当起检场来了。

6

端午节过完后，北平的夏天才算是真的来了。老城里好些人家养着鸽子，只要天气晴好，天空中必然会响起阵阵鸽哨。一些讲究的人家还侍弄着花草，白天月季、芍药争奇斗艳，一到夜里，晚香玉就占尽了风情。

这几天，河南的一个戏班子到广和楼戏园来献演了一出新戏。戏名叫《义烈风》，据说才刚创出来一年多。这戏不像往常的生旦戏，虽然也还是才子佳人，但却是一部苦情戏，末了那才子偏错过了佳人。听河看惯了旧戏，乍一看这新戏，便发疯似的喜欢上了。人家连演三天，她就跟着不眨眼地看了三天，中间还利用检场的身份之便，跑到后台跟人家那个唱青衣的主演讨教了半天。

最后一场演出安排在星期六晚上。听河特意叫唤河下了班来和她一起看，结果唤河看演员们在台上哭哭啼啼的，觉得没啥意思，只看了一半就睡过去了，气得听河直骂他就是个戏混子。

走在回家的路上，听河兴致勃勃地唱了起来："佟玉珊趁月色急忙奔走……我不顾生死把路赶，见一条小河把路拦……"唱完了问唤河："你说那个庄鸿文咋就那么呆呢？"唤河支支吾吾的，不想理她，她就嗔怪唤河跟庄鸿文一样呆，嗔完了又唱："庄兄你一席话意重情长，得此话妹纵死如愿以偿……梅花词表明了君的志向，从那时我敬在脸上、爱在心房。咱同堂共读朝夕来往，玉珊的一颗心早属庄郎。"一路上听河又是唱又是比画，简直就像个小戏疯子，烦得唤河干脆捂上了耳朵。

送走河南的戏班子后没几天，广和楼戏园突然贴出了歇业告示，说是老板的父亲去世了，得回老家奔丧去。这一来，听河就闲在了家里。平常出门时她还是喜欢戴上水手帽，打扮成一个假小子。这回不出门了，她就变回了那个爱干净的小姑娘，又是洗洗刷刷，又是缝缝补补，把家里所有能干的活又全都干了一遍。

这阵子广告社的生意很好，唤河每天都得早出晚归。一天下午，他去铁老鹳庙胡同给那里的几家报社送广告文案，正走着呢，就见迎面走来了三位喇嘛。刚来北平时，他见了喇嘛觉得新鲜，难免会多看几眼，现在已然习以为常了，就没怎么在意。

谁知就是一错身的工夫，唤河突然觉得走在一边的那个喇嘛有点儿面熟。他不敢确定到底是不是熟人，就假装走过头了，又倒回去，转过身来再次和喇嘛们打了个照面。这回他看清楚了，那两道黑漆刷子似的浓眉，可不是罗先生是谁？正是大娄子那话："我就从来没见过那么嚣张的眉毛！太带劲儿了，河神老爷也比不了！"

"罗先生！"唤河迎上去，一把攥住了对方的胳膊。

"啊哟，你是、你是沈唤河啊！你咋跑到北平来了？"

"我，我……"唤河一时百感交集，一肚子话不知从何说起。

"唤河，没事！你可真长高了，都长胡子了！"

唤河下意识地摸了摸嘴唇，果然感到毛茸茸的。

罗先生见他不说话，就又问道："我看你这样子，是不是要去给人家送东西？这样，我这也正忙着，咱们晚上再见面好不好？"

"嗯嗯，我去报社送广告。"唤河这时回过神来了，不好意思地挠了挠头。他瞅了一眼旁边的那两位喇嘛："罗先生，您怎么当了喇嘛了？"

"这个嘛，说来话长了，等我晚上告诉你。哎，你住哪儿啊？我差不多6点能完事。"罗先生嘴里很热络地跟唤河说着话，眼睛却并不看他，而是机警地看向了胡同口。

"我住呼兰河。"唤河盯着罗先生那浓密的眉毛，莫名地被它唤起了乡愁，心里想着大栅栏，嘴头上却说成了呼兰河。

"啥？呼兰河？"罗先生困惑地眨了眨眼，伸手摸了一下唤河的脑门儿，心说这小子不会是发烧了吧。

"哦哦，我住大栅栏，您知道吧？"唤河回过神来了。

"嗨，大栅栏那么有名，我怎么会不知道？它左近有家门面很大的古玩店，那旁边有家老铜锅羊蝎子。我有一年多没过去了，还在不？"

"在的，我看那家店一直都开着。那羊肉味儿闻着就好吃！"

"得，那今晚就那儿了！6点半咱们不见不散！"

7

5 点半一下班，唤河就一路小跑着回到家，把好消息告诉了听河。

两个人刚走到那家羊蝎子店门口，就见罗先生笑吟吟地走了来。他换上了一身干净的灰布衣衫，那浓密的眉毛被鼻梁上的黑框眼镜一衬，显得越发气派非凡了。

"嘿，罗先生，您这一身，像个大学教授！"

"好你个老歪，嘴还是那么刁！这是谁啊？"罗先生伸出手，很绅士地和听河握了握手。

"她叫沈听河，是我和哥哥在沈阳捡的妹妹，可会唱戏了！"

"罗先生好！"听河落落大方地鞠了一躬。

"好，听河好！咱进去坐吧。"

唤河兄妹俩来北平半年了，这还是第一次吃到京城名吃羊蝎子。以前他们只能在路过这里时深吸几下鼻子，闻闻那浓烈的肉香。

罗先生要了一壶二锅头，边喝边看着他俩狼吞虎咽。

三杯酒下肚后，罗先生想起了啸河，便随口问了一句。唤河和听河都停下了筷子，互相看了一眼，接着就都红了眼圈。

"我哥，他死了……"唤河含着泪说。当说到啸河抱着那个日本兵纵身跳下悬崖时，他已是泣不成声。

罗先生端着酒杯，定定地看着唤河，不觉泪珠落了下来，砸进了酒杯里。等唤河讲完，他啪的一拍桌子，低吼道："好！啸河死得壮烈！我以我血荐轩辕，他不愧是我罗继良的学生！"吼完，他把手中的酒缓缓地泼到了地上，哀哀祝祷道："沈啸河你英灵不远，我敬你这一杯！"

"谢谢罗先生！我哥活着时经常说起您，我们一来北平也是找了您好几天……"

"你们啥时候到的北平？过了长城就来了？"

"嗯嗯，来到就快过年了。"

"嗨，那时候我回哈尔滨了，你们上哪儿找我去？"

"回哈尔滨？那您回没回呼兰啊？"

"没有，顾不上，我回去是因为上边下了个任务。"罗先生压低了声音。

"我知道，您八成是去毕格凯文山了？"唤河狡黠地眨了眨眼。

"咦，你也知道那山？"罗先生的眼睛瞬间亮了。

"我哥告诉我的，我还知道这个洋名儿是谁起的呢。"

"好好，唤河，这里人多，不是说话的地方。这样，你们住得不远吧？是单住一间，还是跟人家合住？"罗先生原本只是想跟唤河叙叙旧，这时见唤河言谈间透出一些机密消息，就改了主意，想要找个隐蔽的地儿和他深入谈谈。

"我们单住一间，很方便。那咱就走吧！"唤河站了起来。

进到唤河和听河的那间小屋后，罗先生点上一支烟，打开了话匣子。他说这一年来东北抗日联军处境越来越艰险，受组织委派，去年秋天和过年期间他已去了毕格凯文山两次。

"那您见到大娄子了吧？小梅姐说他也去参加了抗联。"唤河打断了罗先生。

"见了，两次都见了。三顺非常棒，进步很快，作战非常勇敢！上次见他，他都在少年连当上机枪手了！"见手中的烟快燃尽了，罗先生又抽出一支，把它们接了起来，"唤河，我记得有个外国作家说过：一个人生命中有两个最重要的日子，一个是他出生的那天，另一个是他知道他为什么出生的那天。我看，三顺已经知道了！还有啸河，更是已经知道了！"

"嗯！我现在还不知道，但我也想去毕格凯文山打日本子去！"唤河热切地盯着罗先生的眼睛说。

"我也要去！"听河扯了扯唤河的衣角。她心里早已认定，唤河就是自己在这世上最亲的人，不管他去哪里，就是上刀山下火海，她也都会跟着去的。

"好好，你们都是好孩子！"罗先生赞许地点了点头。

"您什么时候再去哈尔滨？我们跟您一起走！"

"唤河，我正要告诉你，明天一早我就走了。现在进关查得特别严，过去的两个月里，我三次到了山海关，三次都被日本子给截下来了。这回实在没办法了，要不我也不会假扮喇嘛啊。"

"啊，您明天就走了？去年秋天我在山海关偷看过，那时候好多山东人进关的，查得并不严啊！"

"嗯嗯，明天就是夏至了，再不走就耽误大事了。山海关原来是进关不严出关严，就是今年四月份开始不行了的。风声很紧，日本子怕是要有大动作。那两个喇嘛想去东北，我帮了他们一个忙，他们就答应带我混过去。当然，他们根本不知道我的底细。至于你们俩，你想想，跟着三个喇嘛一块走，那肯定不行。"

"好，没事，那我们就等您回来，下次再跟您走。"

"这次我回去就不回来了。"罗先生掐灭了烟头。听河注意到，那烟头映在他眼镜上的一点红光瞬间消失了。

"那我们怎么办？我……我能加入组织吗？到哪里能找到他们？"唤河急急地问。

"唉！"罗先生摇了摇头，叹了一口气，那浓密的眉毛随之抖了抖。他所在的组织级别太高了，只有久经考验的老党员才能接触到，像唤河这样的雏儿，只能先到外围组织中历练。不幸的是，罗先生相熟的那几个外围组织最近都被敌人给破坏掉了。

"没事，那我们再想办法好了。罗先生您不必担心，我们靠自己也能行的。"唤河知道自己刚才让罗先生为难了，忙岔开了话题："对了，您认识老哈吗？就是哈尔滨的那个苏联记者。"

"认识啊！老哈是咱们组织的好朋友。他去年把金剑啸同志被杀害的事捅到了国外，很多国家都发声明谴责日本人，给了他们不小的压力呢！"

"老哈这哥们儿可以啊！罗先生您不知道，老哈跟我说过，他在写一本书，叫《大愤怒》，就写咱中国人怎么跟日本子斗的。我想拜托您，要是见到他，就把我哥的事讲给他，让他写下来吧。"

"好！那对啸河来说倒是个很好的纪念。"罗先生郑重其事地答应了，随即解开背囊，拿出一本书来，"说到书，正好我手头也有本好书，是咱们呼兰的一个女作家写的。她真是笔下有神，把日本子的黑暗统治都给揭露出来了！我去东北，这书肯定不能带，就送给你吧。"

唤河连忙接了过来，边端详边说："呼兰的女作家？不会是红姐吧？"

"这本《生死场》最近可火了，咱们流亡到关内的东北人，几乎人人都在读呢！怎么，作者你认识？"

"认识！这不印着呢吗？萧红！她就是我红姐啊，我和她在天马广告社共过事。"

"好，那就有了！我听说萧红在青岛，既然你认识她，那就去青岛找她吧！青岛有个荒岛书店，你到了之后找店老板，一问就能问到的。店老板姓孙，跟萧红很熟的。"罗先生说得兴起，脸上露出了笑模样。

"那个荒岛书店，就是咱们在青岛的组织吧？"唤河抬起头，热切地问。他发现罗先生的眉毛此刻似乎更长了，足有半支烟那么长，神奇的是竟然根根直立，没有一根倒伏的，这可真给人提气！然而也有叫人丧气的，那就是这两道浓眉虽然打眼一看还是黑漆漆的，但细看就会发现，外围的几根眉毛的眉梢处已挂上了霜样的白——罗先生老了。

"对，就这个意思。够聪明的啊你小子！"罗先生眉毛一耸，啪地拍了一下手。他心里想的正是，既然唤河他们没法去跟北平的外围组织接头，那就让他们去青岛好了。他听一位同志说起过，那个荒岛书店实际上就是专门为了团结有觉悟的进步青年而设立的。

第七章

城，
城，
战城南的城

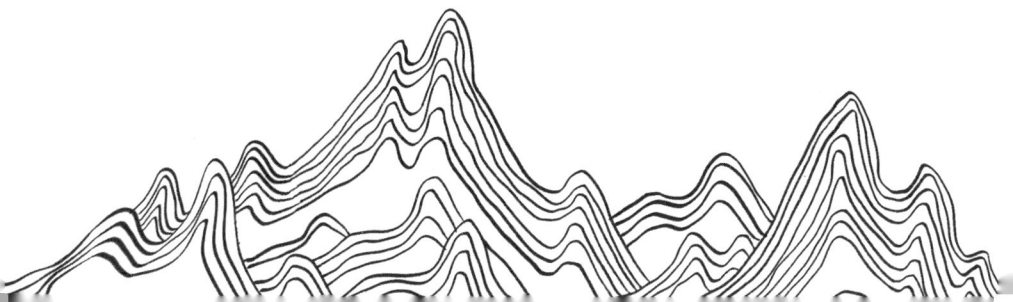

1

过了夏至，北平城突然就进入了酷暑，每天都热浪滚滚。唤河刷起广告牌子来，头上身上不一会儿就都被汗淹没了，不得不学着老工友，把上衣脱了，光着膀子干。

罗先生走后第二天，唤河就和听河商量好了，要尽快赶到青岛去。那里有红姐，还有组织，还是有名的避暑胜地，可比这举目无亲还热死个人的北平好太多了。

马上就是六月底了，唤河决定等领到这个月的工资，再跟老板提出辞工。广和楼戏园的老板奔丧还没回来，听河那边连辞都不用辞了。

这几天，听河天天在家捧着《生死场》看。遇到不认识的字，她就用铅笔画一下。等唤河回来，她总要拉着他先把那些疑难字都解决了，然后才吃晚饭。这一来，唤河等于也跟着粗略地读了一遍。

一天晚上，唤河看听河去点个艾香手里也要拿着书，忍不住夸奖了她几句："要是能上学，你肯定会是个好学生！要不说罗先生那么喜欢你呢。"

"唉，罗先生那么好，我哪有跟他读书那个福气！"

听河叹着气说，"不过，比起书里的金枝谁的，我还算好的。那些人也太惨了！"

"怎么样，红姐写得好吧？我就说她可厉害了！"

"嗯嗯，红姐真不愧是个大作家！我记得啸河哥常说：'奇书古画不论价，红叶青山无限诗。'这就是不论价的奇书，写得老好了，我看着看着就掉眼泪了。你说，她写的那些都是真的吗？"

唤河重重地点点头："是真的。你看这一句：在乡村，人和动物一起忙着生，忙着死。这应该就是书名《生死场》的来历。红姐写得太狠了，我一看到这儿就浑身一激灵，我们呼兰，可不就是这样的一个生死场吗？"

听河托着腮，小眉头皱得紧紧的："可是你看这里，金枝是个多好的姑娘，可因为不小心把没熟的柿子摘了，她妈妈就那么恶毒地骂她：'小老婆，你真能败毁！'你们那里真这样吗？咱们在沈阳去菜园子干活时，主家可没这么凶。"

"真这样！乡村就是乡村，大家都穷苦，没个好脾气。咱们来北平的路上，经过那些长城脚下的山村，不也常常看到打骂孩子的？"

"对，对，你一说我就想起来了。"听河释然了，接着便又品评起了书里的人物："那个叫成业的，真是个砢碜玩意儿！说话就跟放屁似的，打着嘟噜埋汰人！那个王婆的女儿可了不起，她哥哥叫日本子给杀了，她就跑去当了胡子，要给哥哥报仇，可惜后来牺牲了。"

"是吗？那她可真是了不起！赵尚志、老关叔、大娄子他们都是男的，敢情这还有女胡子呢！"

"唤河哥，等我长大了，我也要像她一样，去当个女胡子，给啸河哥报仇！"

"行，你这丫头有出息！这样，等过几天结了工资我就去买车票，咱到青岛当胡子去。我当黑胡子，你当红胡子，一起打日本子，给我哥还有我妈报仇！"

2

6月30日结了工资后，唤河就辞了工。没想到那么多人要去青岛，他连着去火车站排了三天队，好不容易才买到了几天后的车票。

7月6日下午，唤河带着听河顺利地登上了开往青岛的火车。他们怎么也没有想到，第二天夜里，震惊中外的"七七事变"爆发了。

那时候火车跑得慢。唤河和听河在车上坐了四十多个小时，8 日中午才到青岛。他们原来都不知道青岛有大海，听别的乘客说起来大海多美多美，脑海中便油然生出了向往。他们更不知道，青岛火车站就在海边上，所以一下火车他俩就被眼前的海景给镇住了！

海风拂面，眼前这无边的蔚蓝，让唤河和听河都看呆了。

两个人奔到栈桥旁边，买了两碗海凉粉当午饭，边吃边吹着海风看光景，别提多惬意了。

突然，几个报童满大街地吆喝起来了："号外！号外！《世界日报》号外！7 月 7 日北平卢沟桥事变，日军借口演习中一名军士失踪，侵入宛平县城，我卢沟桥守军当即奋起抗战。平津危急！华北危急！"

唤河和听河对看了一眼，一时都有些愣怔。

旁边有个一身学生装的青年人，也在悠闲地边吃海凉粉边看海。听到报童的吆喝，他呼地一下站了起来，走过去要了一份"号外"。

唤河知道这种"号外"不要钱，也忙去找报童要了一份，和听河一起一个字一个字地读了一遍。

"号外"只有巴掌大小，没一会儿就读完了。听河一脸茫然地问道："唤河哥，卢沟桥离北平那么近，日本子这是要打进北平了吗？"

唤河点了点头："小日本子这是亡我之心不死啊，北平恐怕守不住。"

听河说："那咱们亏得来了青岛！现在要想出北平，肯定买不到车票了。"

那青年学生听到了，转过脸来对他们说："你们俩从北平来的？够幸运的啊！不过我看北平这一开打，只怕青岛也快了。"

"大哥，您是大学生吧？照您说，要朝南方跑吗？"唤河见他年龄和啸河相仿，也是一脸英气，心里觉得很亲切，就自来熟地向人家请教起来了。他想起啸河留下的那张地图上印着，青岛往南是上海、南京，再往南是广州、重庆，还有听河的老家贵州。

"跑？怎么能跑呢？一寸山河一寸血，东北已经丢了，咱得起来保卫平津，保卫华北，跟侵略者拼了！"那青年学生盯着唤河，嘴角浮起了一丝轻蔑。

唤河的脸腾地一下红了："我……我不是那个意思。当然，咱得跟日本子拼！"

"行啊，小兄弟，你多大了？"

"十三，快十四岁了。"

"那你们不容易！不过，十三岁也不小了。你听说过岳家将吧？大英雄岳飞的儿子小英雄岳云，当年才十二岁就上战场杀敌了。"

"我知道我知道，我还会唱《岳云锤震金蝉子》呢！"听河抢着说，接着就唱了起来："料不到军中个个贪生汉，双拳本是擎天手，一怒冲开万重关！"

那青年学生高兴了："小嫚儿你唱得真叫好！会不会唱《松花江上》？"

《松花江上》这首歌问世于两年前，这时已在全国传唱开来。唤河和听河是在北平学会的，平时就经常哼唱。

"我的家在东北松花江上，那里有森林煤矿，还有那满山遍野的大豆高粱。我的家在东北松花江上，那里有我的同胞，还有那衰老的爹娘……"青年学生挥动着"号外"，轻声唱了起来。唤河看着他的国字脸，只觉得这一刻这张脸仿佛容得下万水千山。

海上起风了，潮水滚滚而来，撞到海边的礁石上，激起高高的巨浪。

唤河和听河都跟着唱起来："'九一八'，'九一八'，从那个悲惨的时候！'九一八'，'九一八'！从那个悲惨的时候，脱离了我的家乡，抛弃那无尽的宝藏，流浪！流浪！整日价在关内，流浪！流浪！哪年，哪月，才能够回到我那可爱的故乡？哪年，哪月，才能够收回我那无尽的宝藏？！爹娘啊，爹娘啊，什么时候，才能欢聚在一堂？！"

一曲终了，那青年学生的眉间眼角都已写满了愤愤不平，使得他本就俊朗的脸颊变得更有英气了。他挥了挥手，和唤河兄妹告别："再见了小兄弟，再见了小嫚儿！以前说过多少次都没兑现，这回可必须是真的了——我要参军打鬼子去喽！"

望着他潇洒的背影，听河小声地感叹道："瞧他这派儿，扮上就是那活脱脱的红袍小将杨再兴啊！"

唤河这时却陷入了另一种激动。他想起了呼兰老家人常挂在嘴头上的那句话——做人不能光说不练，得起而行之才行！他在心里暗暗地发了个誓，将来也要参军打鬼子去，要像大娄子卢三顺那样。

3

那时青岛城区不大，荒岛书店又很有名，一说大家都知道。唤河和听河边打听边找，走了一顿饭的光景就到了。

书店是一栋三开间的红瓦石墙的小房子，被一棵粗壮的梧桐树荫蔽着。门脸不大，此时一个顾客也没有，

只有个年轻的店员坐在一张小方桌后，正埋头读书。看
到唤河和听河进来，他只是微微点了点头，就又沉浸到
书里去了。

唤河和听河有点儿不好意思，就在书店里转了一圈
儿。他俩正要从架上抽本书看，却听得那个店员突然轻
叫一声坏了，随即就站起身来说道："对不住二位了，
我有急事得出去一趟。"

这意思是书店要暂时关门了，唤河和听河只得出来
了。

那店员从门后拿出一把大锁，把门锁上了。唤河见
他这就转身要走，急了，冲口问道："请问孙老板在吗？"

"我就是。你们是？"

唤河这几年在广告社做事，接触过不少书店老板，
他们无一例外都是中年人。因此，唤河真没想到眼前这
个和啸河差不多大的年轻人会是老板。

"您就是孙老板？我们是东北来的，从那个毕格凯
文山来。"

"哦，东北来的，就你们俩小孩？找我有事吗？"
孙老板眼里流露出一丝狐疑，看来他压根不知道毕格凯
文山。

唤河有点儿泄气了。这是他所知道的唯一的组织密

语，没想到自己说出来后对方根本不接茬。

眼见气氛有点儿尴尬，听河赶紧凑上前来："孙老板，您认识红姐吗？就是那个大作家萧红。我们和她是……"

唤河见听河卡壳了，忙抢着说道："亲戚，我们和她是亲戚！"

"你们找萧红啊？早说嘛！"孙老板笑了，唤河和听河这下放心了。

可随之而来的却是个坏消息："萧红早就去上海了！她跑到青岛来，只待了半年就走了。你们要找她的话，得去上海。"

"这……我们咋去上海？"唤河大失所望地念叨着，脑海里就像起了一阵超强台风。

听河见唤河乱了方寸，忙用胳膊肘顶了顶他："组织。"

"哦，对对，组织！"唤河如梦方醒，忙上前压低声音道："孙老板，我们是来找组织的。您知道哈尔滨的金剑啸先生吧？我哥叫沈啸河，他和金先生是同志。去年，他们都被日本子给害死了。我俩这是没办法了，才跑来找红姐、找组织的。"

孙老板听到这里才明白，眼前的这两个孩子原来是这么个来头，不由得心头一酸："剑啸先生——那可是个大英雄！来，你们跟我来。组织通知我去开个会，这样，我先把你们俩安顿好再过去。"

唤河听了，一颗悬着的心总算放下来了。听河更是乐得跟什么似的，一边蹦跳着跟着孙老板往他的住处走，一边哼起了《义烈风》。

当天下午，孙老板在地下党组织的会上，说了唤河兄妹的情况。大家商量了一下，觉得卢沟桥事变这一发生，青岛上下都已慌了神，城里的达官贵人已纷纷开始逃难，要是送俩孩子去上海，那就得赶紧想办法去买船票了，要是去不了上海，那就得把他们送到沂蒙山抗日根据地去。

孙老板开完会回到住处，和唤河兄妹做了一番长谈。面对俩半大孩子，孙老板没有居高临下，而是以一种与同志商量的口吻，征询他俩的意见。谁知俩孩子瞪着眼听了，却都一脸茫然，不知道该走哪条路好。

虽然他们已经经历了许多血雨腥风，但毕竟还是太小了，突然面临这种重大的抉择，难免会懵圈。孙老板非常理解这一点，便帮他们总结了一下："现在青岛非常危险，接下来斗争将会更加艰苦，你们在这里帮不上忙，还有可能起反作用。所以，组织的意思是尽快把你们送走。要是你们愿意去上海，过几天港口的同志会想办法把你们送到船上去，坐上三天两夜就到上海了。要是你们想去沂蒙山，后天早上组织就要送一批青年学生过去，把你们加进去就行了，坐上一天的车，晚上就能到了。"

"唉，青岛多好啊！我们能不走吗？"听河非常喜欢那蔚蓝色的大海，真舍不得离开。

孙老板不忍看听河那双满是遗憾的眼睛，只轻轻地摇了摇头。

唤河到底比听河老成，知道组织定了的事就不能改了，便问道："孙老板，您能跟我们说说，去上海和去沂蒙山有啥不一样吗？"对沿着长城跋涉过一千多里山路的他来说，去一个地方是坐船还是坐车并不重要，重要的是去了之后会怎么样。

"要是去上海，到了后组织会安排你们从事地下斗争，就像剑啸先生、你哥哥一样，一开始兴许会当个书店学徒什么的。要是去沂蒙山，那到了后就能参军，以后就是部队的人了。你们俩还小，不会让你们上战场，估计会留在后方干个宣传员、卫生员什么的，过几年就能真刀真枪地上战场打鬼子了！"

"真的？"唤河瞪大了眼睛。他心想，那还是去沂蒙山好啊，那样就可以为妈妈为哥哥报仇了。他这样想着，转头看了一眼听河。

听河给了唤河一个认同的眼神，眼睛亮闪闪地说："宣传员，我可以干，唱戏应该也属于宣传。"

孙老板点点头："对，咱们的战士都喜欢听戏，什么京剧、豫剧、拉魂腔，组织上非常重视呢。"

"那好，唤河哥，那咱们就去沂蒙山吧？"听河雀跃着。

"嗯，孙老板，我们要是去上海的话，能跟萧红一块工作吗？"唤河心里还是放不下红姐。

"这要看上海组织的意思。不过，萧红和萧军都是著名的进步作家，属于重点保护对象，你们俩还这么小，自己也还需要被保护，哪里保护得了他们？我看八成是不会这样安排的。"

"那，好吧，那我们就去沂蒙山打鬼子去！"唤河下了决心。

4

唤河和听河只有一天的时间在青岛逛逛。按照孙老板的建议，他们早上起来先去中山路走了走，又到天后宫去转了转，然后就去水族馆买票，看养在海水里的各种动物去了。水族馆里有海豹、海龟、蝠鲼、鲨鱼、海葵等等，俩人都是第一次见，那兴奋劲儿就别提了。特别是养在暗室玻璃柜中的那些水母，舞动着长长的触须，变换着各种艳丽的颜色，百紫千红，如梦似幻，让听河简直不敢相信是真的，心里连连惊叹世界上怎么会有这么可爱的生灵。唤河对水母没那么大兴趣，转完一圈后就有点儿不耐烦了，可听河就是拔不动脚。唤河催了她好几遍，她才依依不舍地走了出来。

时近中午，俩人在路边买了两大碗海凉粉，填饱了肚子。回孙老板住处的路上，他们遇到了一个卖崂山杏的地摊。听河一看那杏，个顶个儿黄里透红、饱满圆润，再一问，人家说这叫"观音脸"，应市也就两个多星期，再过几天就吃不到了。唤河知道听河的心思，加上自己肚子里的馋虫也在拼命叫，就掏钱买了三斤。

兄妹俩用衣襟兜着"观音脸"回到住处，满心欢喜地吃了几个，然后就呷吧着嘴拎起一个白铁皮水桶出了门——他们要去完成孙老板给安排的任务了。

原来，孙老板说今晚要给去沂蒙山根据地的几个人饯行，让唤河和听河中午趁落潮去海边挖些蛤蜊、海蛎子回来，给大家煮了吃。要用到的小铁锹和铁钩子他都给俩人准备好了，放到那白铁皮水桶里了，至于该怎么挖、怎么撬，栈桥海边有好多赶海的人，在旁边看看就能学会。

他还特别交代了一句，那片海是德国人当年建的浴场，以前不准中国人进去，现在是随便进了，要是累了可以下到海里洗海澡，不过可千万要注意安全。

这一大下午，唤河兄妹俩可真是撒了欢了！青岛渔民有句谚语，叫"初一十五两头潮"，说的是每逢初一、十五会落大潮，这时赶海最好。平时挖蛤喇只能挖个三五斤，这两天能挖个十来斤。1937年7月9日这一天，农历是六月初二，中午12点左右开始落潮。从这时起到下午2点涨潮之前，是赶海的最佳时机，正被兄妹俩给赶上了。虽然正值盛夏，又是正午时分，但海边还是非常凉爽，来赶海的人乌泱乌泱的。唤河他们一到海边，就跟着人家学起了挖蛤蜊、撬海蛎子。无论是拿小铁锨在海滩上到处挖，还是到礁石上用铁钩子使劲撬，他们都觉得非常好玩儿。虽然不一会儿就感到腰酸背痛了，但那种收获的喜悦、那种海风吹在身上带来的惬意，还是令他们深深着迷。

而当他俩躺在大海那摇篮一样温暖舒适的怀抱里时，更是感到开心到爆了。听河不住地大叫："洗海澡太舒服了！要是每天都能这样就好了！"唤河却没来由地想起了啸河："唉，要是我哥也能来和咱们一起洗海澡，那该多好！"

太阳偏西了，天色暗了下去，海面上的天空却显得更蓝了。几朵白云悠闲地飘荡着，不时有海鸥从他们俩头顶飞过。

"唤河哥，别难过了。罗先生说得对，啸河哥的死，比泰山还重！"听河打小就会游泳，此刻正享受着最舒服的仰漂。她见唤河只管蹲在水里盯着白云发呆，不接话，知道他心里难过，就急忙转移了话题："唤河哥你说，德国人在青岛的时候，中国人是不能来洗海澡的，那要是等日本子打过来了，中国人是不是又不能来了？"

"那肯定啊！要不咱们得跟他们干呢，就不能让他们打过来！"唤河愤愤地游动起来，两只脚砸出了大大的浪花。

等到兄妹俩满载而归时，发现屋里已坐满了人。孙老板的小屋不大，有个七八个人就坐不开了。不用说，这都是明天一早要去沂蒙山的同志。孙老板简单地向大家做了介绍，然后大家就都高高兴兴地忙活起来。有的去清洗蛤蜊、海蛎子，有的去刷锅、烧火。

当桌上摆满了清蒸海蛎子、辣炒蛤蜊、酸辣土豆丝、干煸大头菜、油炸花生米等菜肴和那一盆"观音脸"后，大家就都围着坐下了。孙老板留了个座位出来，说："大家别急，再等等，你们的队长许文彬跑到啤酒厂去买啤酒去了，估计这就快回来了。"

"哟，组织上这次这么大方啊！我都来了一年多了，还没尝过青岛啤酒是什么味儿呢！"有人起哄。

"哈哈哈，就你一个臭拉车的，还想喝啤酒？"他的同伴打趣道。

听到这里，唤河猛然想起了在朝阳堡时朝日本子的烧锅酒里撒尿的事，扑哧一声笑了。那是四年前的事了，如今想起来还宛然在目。

孙老板敲了敲桌子，正色说道："都别闹。明早你们就都要去沂蒙山参军、打日本子了，组织上这是给大家壮行，叫我当个代表。要我说，这顿饭实在是寒碜，鸡鱼肉蛋都没有，唯一的荤腥还是这俩孩子去海边挖来的。等以后吧，等到把日本子打败了，革命成功了，咱们再举办庆功宴，到那时候别说鸡鱼肉蛋了，海参、鲍鱼大家随便吃！"

"噢噢噢！"大家发出一阵欢呼声，"到时候青岛啤酒也随便喝！"

话音刚落，屋门被吱呀一声推开了，就见一个一身学生装的青年抱着一竹筐啤酒走了进来："同志们，酒来喽，今晚咱们来个一醉方休！"

"好你个许文彬！快坐快坐，就等你了，咱这就开始！"孙老板笑呵呵地站起来，接过一瓶啤酒打开，给大家都倒上，然后举起手中的马口铁酒杯："同志们，眼下正当诗人说的'塞北途辽远，城南战苦辛'，你们都是好样的，这就要去战城南了！我敬大家一杯，祝你们明天一路顺风！"

七八个盛满啤酒的马口铁酒杯碰在一起，发出一阵阵清脆的响声。

唤河也喝了一小口，心说这青岛啤酒怎么这么好喝，比在哈尔滨喝过的啤酒更带劲儿啊。他瞥了一眼听河，发现听河正盯着许文彬看来看去的，就也仔细地看了许文彬两眼——好嘛，这不就是昨天中午带着他们唱《松花江上》的那个国字脸大哥哥嘛！

5

许文彬外表英武，为人也非常热心。组织上选他当队长是选对人了。

大家是坐在一辆卡车的后斗里开往沂蒙山区根据地的。道路坑洼不平，颠簸得厉害。车刚开了一个小时，唤河和听河就都晕车了，趴在车栏上吐了个稀里哗啦。

好在有许文彬照顾。他一边帮唤河他俩拍打后背，一边还不忘逗趣儿："你俩坐火车晕不晕啊？不晕吧。坐马车晕不晕啊？也不晕吧。那怎么坐卡车就晕了呢？敢情你俩这是连晕车也要货比三家呀！也是，买土豆子还得挑挑，买个西瓜还得敲敲。"

这是典型的东北话，唤河和听河都被逗乐了。唤河就问："许大哥，昨晚孙老板说了，你是东北人，那怎么平常老说一口青岛话呢？"

"嗨，到什么山上唱什么歌呗！我前几年在西安待过，西安话就说得特溜。这不，到青岛以后，本地人都不拿我当外地人了。咱东北人都是语言天才！你瞅着，等到了临沂，不出三个月，我就能说上一口地道的临沂话。"

"这我信。怎么，咱这是要去临沂？那沂蒙山根据地，就是在临沂吗？"唤河听大家说过好多次沂蒙山根据地了，但却是第一次知道它在临沂。闹了半天，自己这是要回家乡了啊，他觉得有点儿不可思议。

"对啊！你不知道？哦哦，你来得晚，才来两天就跟我们出发了。沂蒙山方圆八百多里，咱那个根据地其实是在一个叫夏蔚镇的地方。"

"啊，许大哥，是不是夏天的夏，蔚蓝色的蔚？"

唤河一下子想起了啸河跟他说过的老家。

"对。我第一次听到这个地名，也像你一样的感觉：夏天里蔚蓝色的大海，那不是青岛吗？"

"不是，我倒没想到这一层。你不知道，夏蔚镇是我的老家！我爷爷当年就是从夏蔚镇出发，去闯关东的。"唤河说着，一把将听河的小脑袋瓜儿给扒拉到了脸前："听河，没想到吧，咱们这误打误撞的，竟然就要回老家了！"

"哎呀，瞅你激动的！你早说啊，早说这个队长应该让你当！"许文彬又跟唤河开起了玩笑。

当天傍晚，他们顺利抵达目的地，第二天就都参了军。许文彬等几个小伙子都被分到了鲁中青年营，唤河和听河也想跟着去。组织上考虑到他俩年龄小，没有同意，安排唤河去野战医院，当了卫生兵；安排听河去宣传队，当了文艺兵。从这之后，唤河和听河就投入到火热的新生活中去了：唤河每天跟着军医救治伤员，学习救护知识；听河则每天忙着排演各种节目，到部队基层搞文艺宣传。

兄妹俩的驻地相距不远，可因为各自都忙，平时见面的机会并不多。而随着年龄的增长，一种说不清的情愫也已开始在两人心中慢慢地潜滋暗长。这样过了几年，两个人再见面时，竟然都会莫名其妙地脸红害羞了。

6

　　转眼到了 1942 年，沈唤河满十八岁了。

　　这年的秋天，霜降过后，以日军 32 师团为主的日伪军两万余人，对沂蒙山抗日根据地发起了"扫荡"。八路军山东纵队指挥部紧急调集 111 师独立团到黑老婆埴集合。随后，独立团发动急行军，两天跑了一百八十多里路，如期赶到了仙姑顶，准备在那儿阻击日伪军。

　　这一仗肯定是场硬仗，打响后会有不少战士死伤。为抢救伤员，指挥部命令野战医院组织一个卫生班，随独立团行动。沈唤河听到消息后，第一个报了名。来抗日根据地已经五年了，他还没有正经上过战场，如今机会终于来了！

　　到达仙姑顶后，唤河意外地见到了老朋友许文彬。许文彬一见面就跟他开起了玩笑："唤河啊，上次见你是我去你们医院拿药那回吧？这才一年多没见，你小子长这么高了，有一米八了吧？来来来，跟我说说，你这是吃了火箭药了吗？不对不对，我看，你一定是天天吃听河妹子做的发糕，才长得这么高的！"

　　唤河脸腾地一下红了。近来老有战友拿他和听河开玩笑，唤河知道大家这是出于好意，要撮合他俩，可总觉得抹不开面子，每逢这种时刻都恨不得赶紧岔开话题。他搓了搓手，反问道："许大哥，你不是早就去延安了吗？"

"嗨，本来是要去的，后来没去成。你说，我哪能舍得走啊？我得等着看你热热闹闹地娶媳妇，看听河妹子风风光光地出嫁呢！"许文彬说完便大笑起来。他看到唤河的窘样儿，越发不想轻易放过他了。

被许文彬这么一闹，唤河的脸更红了。好在这时有人经过，喊了一声"许连长"，这才给唤河解了围。

"许大哥都当连长了，也不给我们说！也不给我们发糖！你说你这个大哥、你这个队长，多不够意思吧！"唤河这下子抓住了许文彬的"把柄"。

"嗨，别吵吵了，副的，副的，我只是个副连长。不过我跟你说，我们二连打起仗来可都不要命——你知道赵尚志吧？我们连好几个老兵都是他带出来的！今年春上，赵尚志将军被鬼子给杀害了。血债血偿，我们这次要给他报仇！这一仗可厉害，估计到时候伤员少不了，你们卫生班可别掉链子，不然那可就硵碜死了！"许文彬说着，从兜里摸出两个红艳艳的柿子，递给了唤河。

"没问题！你们只管狠狠地打，掉链子那样的硵碜事儿，肯定跟我们卫生班绝缘。"唤河嘎嘣脆地说着，嘎嘣脆地敬了一个军礼，这才接过了柿子。

"好，相信你们卫生班，个个胸中有丘壑，手上有乾坤。这柿子，你吃过吧？叫'关公脸'。"

"吃过，贼拉好吃！咱从青岛动身那天，我买过一回崂山杏，叫'观音脸'，也贼拉好吃！你还记得吧？"

"咋不记得？那杏甜得很，跟这柿子有一拼！不过，咱这马上就要跟日本子干仗了，观音脸可不行，那必须得是关公脸才行！"

"嗯嗯，我懂，许连长，你意思就是说对日本子决不能心慈手软，就得跟关公似的过五关斩六将！"

两个人这么说着话，手脚可都没闲着。仙姑顶的山顶西南侧鞍部有几处天然形成的蛤蟆坎儿，就好像是人工挖出来的战壕一样。他们和其他战士一起找来许多石头，把这"战壕"又给加固了一圈儿，然后就都趴在里头隐蔽起来，等着敌人到来。

结果敌人慢腾腾的，一直到第二天早上才开过来。

这一天是 10 月 28 日。早晨 8 点多，日伪军终于黑压压地晃荡过来了。独立团抓住战机，先打了几排冷枪，然后就吹响冲锋号，勇猛地冲杀了下去。日伪军没想到这深山老林子里也藏着八路军，心理上先慌了，只是象征性地抵抗了一下就稀里哗啦地溃退了，留下了几十具尸体。

　　一个小时后，日伪军整顿好了队伍，又开了回来。这回他们是有备而来，还没到地方就先发动炮击，冲着山顶狂轰滥炸了十几分钟。炮击过后，他们就举着太阳旗同时从北面和东面发起了冲锋。

　　独立团的指战员们沉着应战，决定利用有利地形以逸待劳，等鬼子们来到跟前再开火。敌人误以为山顶已被炮弹炸平了，山上的部队都撤走了，就大大咧咧地摸了上来。谁知他们刚一接近山顶，我军的枪弹便兜头打了下来。鬼子们万万没想到，我军虽没有大炮，但是会把手榴弹扎成捆，一捆一捆地往下砸。这些手榴弹同时爆炸，杀伤力十分惊人，日伪军被炸倒了一大片。没被炸到的敌人都吓破了胆，急火火地退到了山下。

　　日军32师团擅长山地作战，非常顽强。第一次冲锋失败后，鬼子们并没有灰心，很快重新组织起来，再度发起了进攻。这个上午，他们连续发动了五次冲锋。我军顽强抗击，连续五次都把敌人打了下去。地形上对独立团来说太有利了，山顶有两面是悬崖峭壁，另两面也都是布满乱石的陡坡，日伪军的武器装备再好，战斗力再强，面对居高临下的我军，也只有挨打的份儿。

　　中午12点刚过，气急败坏的鬼子从沂水机场派出7

架飞机，飞到仙姑顶上来投弹、扫射。我军只得一面组织对空射击，一面顽强地抗击不断试图冲上来的敌人，这一来就渐渐地落了下风。

鬼子的空袭特别凶狠，半个小时后，独立团二连就伤亡过半了。唤河咬着牙一次次地把伤员背到山顶部中间地带的一个岩洞里——这是他和战友们临时搭建的一个战地诊疗室。他们带上来的三十卷绷带眼看就要用完了，可前沿阵地上还是不断地有受伤的战士送来。唤河没有办法，只得服从班长的命令，对那些无望救活的战友只给注射止疼药，不再给包扎伤口了。

等到鬼子空袭结束，二连连长和指导员都已牺牲了。队伍归副连长许文彬指挥，而他的两条腿也都已中弹受伤了。唤河心里惦记着许文彬的腿，给一位重伤员打了一针止疼药后，瞅了个空当儿，就冲到前沿阵地上去找许文彬查看伤情。许文彬正握着一挺机枪向下扫射，嘴里念念有词："五个五个五个，六个！好，老子打死六个小鬼子了，够本了！六个六个六个，来啊，你们倒是再朝老子这儿冲啊，老子等着第七个、第八个呢！"

山下的鬼子停止了冲锋。许文彬得意地直起腰来，回头冲战友们挥了挥手："同志们，咱们又一次把小鬼子打下去了！"回应他的是一阵欢呼。

然而还没等欢呼声落下去，敌人的飞机就又一次出现在了战士们的头顶。"轰！""轰！""轰！"随着几声剧烈的爆炸声，山顶开出了几朵血红色的大花。唤河眼睁睁地看着一发炮弹落到许文彬身前，把他的胸膛炸得裂了开来，鲜血四处迸射。

"许大哥！"唤河高喊着冲了过去。他的脑子里只有一个想法，那就是一定要把许文彬救下来。爆炸声把他的耳朵给一时间震聋了，他只能看到许文彬在冲他大喊大叫，却根本听不到他喊叫的是什么。

山风吹过，到处弥漫着浓烈的血腥味。唤河定了定神，两手捂着耳朵使劲晃了晃脑袋，再度朝着许文彬冲去。许文彬坐在血泊中，正挣扎着把手中的机枪举起来，交到战友手中。唤河扑过去，手忙脚乱地扯绷带，试图给他包扎伤口。许文彬冲唤河摆了摆手，拼尽最后的力气喊道："不要顾我。干吧，沈唤河同志！一定要打回咱东北老家去呀！"喊完他就倒了下去。

"许大哥！"唤河心痛极了，他弯下腰将许文彬背起来，想要先把他带到战地诊疗室去。

一架幽灵似的敌机飞了过来，唤河没有注意到。"轰！""轰！""轰！"又有几枚炮弹落了下来。唤河只觉得自己整个人突然飞了起来，随之被重重地抛进了一个土坑里。

7

　　唤河做了一个长长的梦。他先是梦见自己正在呼兰河里泡澡，罗先生躺在他身旁，挑动着他那嚣张的眉毛，告诉他日本子都被打跑了。师生俩正高兴呢，妈妈来喊他回家吃饭了……又梦见卢三顺把那两个老黄瓜带到了毕格凯文山的营地，种出了一架架的嫩黄瓜，他和他的战友们都在忙着摘黄瓜，还给了他几根，让他尝尝鲜……后来又梦见啸河、小梅姐结婚了，证婚人是红姐，红姐还笑吟吟地送给新人一本《生死场》，大家聚在一起欢闹着，有人在喝"红美人"，有人在喝哈尔滨啤酒、青岛啤酒，有人在吃大铁锅里炖的"七粒浮子"，也有人在吃冒着热气的海参、鲍鱼，还有人在咔吧咔吧地啃着冻梨。可是举办婚礼的地方很奇怪，前不着村后不着店，唤河弄了半天才整明白，竟然是在长城顶上，在墙子路关旁的那个"高尖楼"里，墙角还放着那半桶煤油呢……再后来，他梦见自己要死了，但身上一点儿都不疼。不知过了多久，他才觉得自己又活了过来，却是浑身疼得要死。

好像有那么大半夜的时间，他觉得浑身像烧着了一样，出了好多汗，可这不过是个序幕，紧跟着嘴里的牙齿和舌头就打起架来，嗓子里好像有千军万马碾过，焦渴、烧灼、窒息、刺痛等人间最难忍受的感觉同时袭来，让他真切地感到生不如死，以致到了最后，他竟然用剩的不多的一点儿生命发出了"快让我死去吧"的祈求。

可就在这时，他朦朦胧胧地听到了一段熟悉的戏文："佟玉珊趁月色急忙奔走……心似箭路不平艰难行走……庄兄你一席话意重情长，得此话妹纵死如愿以偿……梅花词表明了君的志向，从那时我敬在脸上、爱在心房。咱同堂共读朝夕来往，玉珊的一颗心早属庄郎……"

他想要睁眼，却睁不开。过了一会儿，他又听到了一段歌声，那是他来到沂蒙山根据地后经常听到的一段小调："蒙山高，沂水长，我为亲人熬鸡汤……愿亲人早日养好伤，上前线打鬼子，红心迎朝阳，迎朝阳！……"

这是谁啊，咋唱得这么好呢？唤河的意识开始活跃起来了。

谁？谁？到底是谁？他确信自己绝对知道这个正在唱歌的人是谁，但就是想不起来了。

对了，这是个小姑娘，而且是个特别可爱特别漂亮的小姑娘！她跟我在一起很多年了，就像我妹妹一样！唤河这时头疼欲裂，可还是拼了命地往下想。

不对不对，这是迷糊了，我哪有妹妹啊？我妈就生了我哥和我。那是谁呢？我们俩的关系特别特别好，她简直就是我最亲的人啊！对，我最亲的人，那是谁呢？唤河想到这里，脑海里终于灵光乍现：听河，她是听河。

"听河……"唤河翕动着嘴唇，低低地叫出了这个滚烫的名字。

"你醒了！"回应他的是颤动的话语，"唤河哥，你终于醒了！"

随之而来的是一阵喜极而泣，同时，一双温软的手捧起了唤河凹陷的脸颊。

唤河睁开眼，呆呆地盯着听河的脸，过了好一会儿才定下神来。他发现自己正躺在一张很高的床上，旁边有个小桌，桌上放着一盏油灯，昏黄的灯光笼罩着听河，给她镀上了一层毛茸茸的金边儿。

"这是在哪儿？"唤河问出这句话的同时，感到身上有了力气，便伸出一只大手，轻轻地握住了听河的手。

"秃子山，咱们这是在秃子山。从夏蔚镇看东北，一百来里地。"听河抬手擦了擦眼泪，语气里透着欢欣。

"秃子山，挺好，那不就是凯文山吗？大娄子去了大秃顶子山打日本子，我老歪也来了秃子山打日本子，俺哥俩可真该好好喝一壶。"唤河风趣地说着，咧嘴笑了。这一笑，他才感到肚子剧痛，连忙收了笑容，忍不住嘶嘶了几声。

"你还有心思开玩笑！"听河娇嗔了一句。她看着唤河那这两天因重伤而无血色的脸又有了活气，不由得笑了。接着，她把战斗打响那天后来的情形说给唤河听。原来，唤河被炸弹炸倒后不久，师部派出的援军就到了，突突突一阵猛打猛冲，小鬼子扛不住，稀里哗啦地撤退了。援军卫生队的同志趁机冲上山顶，把唤河等伤员都救了下来。

"那咱是胜利了？"唤河急急地问。

"那当然！总共毙伤敌人四百多，是重大胜利，都惊动延安了，听说毛主席前天都发来了贺电。"

"那咱们死伤了多少？"

"牺牲了一百二十四个，受伤活下来的八十多个。当天晚上，咱们的人从仙姑顶撤下来后，就把伤员都给转移到了这里。你们医院也迁过来了。"

"牺牲了那么多战友啊！我没想到自己还能活下来。"唤河哽咽了。

"嗯，你是够命大的！身上炸进去八块弹片都没事。

不过，你昏迷了两天三夜，我真怕你就这么死了。要是那样，我……我就也不活了。"听河激动地说着，说完才意识到说漏嘴了，瞬间羞红了脸。

"我昏迷了几天？"

"两天了。现在是半夜，一会儿月亮就该升起来了。"

"我的天，没想到我昏迷了那么久。"

"没事，亏得我那把刀，你睡得可安稳了，是不是没做噩梦？"

"做梦？咦，这跟你那把刀有啥关系？"唤河感到很好奇。他想起啸河曾经跟他说过，听河估计是流浪的时候受过欺负，所以睡觉时才总是把刀掖在枕头下，这样要是再有人敢欺负她，她就能随时拿刀拼命了。

"嗨，这你就不知道了吧？在我们布依族的寨子里，人人都有把这样的刀，每天睡觉时把它塞到枕头下，噩梦就不敢来了。"

"啥，啥，你是布依族？"困扰唤河好多年的听河枕下藏刀之谜就这样被解开了。

"对，我妈妈是布依族，不过我爸爸是汉族。你等一下，我去给你盛鸡汤去。"说完，听河便端着油灯出去了。

屋子陷入黑暗后，唤河才发现屋外月亮已升起来了。月光透过窗棂，在对面的墙上画出了一方白。正当秋高，几只蟋蟀争相鸣唱着，将夜色渲染得愈发浓重了。

听河端着一大碗滚烫的鸡汤回来了。她坐到床前，先把唤河扶起来坐好，然后舀起一勺鸡汤来，用嘴吹了吹后，才喂给了唤河。唤河呼噜呼噜地喝了好几勺，这才觉出饿了，喊道："有没有煎饼？给我两个，我泡着吃。"

"有，有！就知道你醒来会饿，早都准备好了。"听河说着又去拿了煎饼来。

唤河吃得那叫一个香，看得听河都馋了。她笑吟吟地看着唤河吃，思绪飘回了刚来沂蒙山的时候。那时唤河还是个青涩少年，一转眼五年过去，他已长成一个牛高马大的帅小伙了，嘴唇上的胡须又黑又浓密，让人一看就能想起罗先生那河神一样的眉毛。

那顶水手帽端端正正地挂在床对面的墙上——如今听河已戴不上了。沂蒙的山水已经把她变成了一个亭亭玉立的大姑娘。当年那个假小子一般的黄毛丫头，如今已经成为八路军宣传队的台柱子了。

唤河吃完了。两人一时无话，便静听窗外秋虫呢哝。

"你听这蛐蛐儿叫的，秋深了。"唤河感叹道。

"嗯，外面正下霜呢，凉飕飕的。不过，月色是真好！"听河说着，看向了窗外。

"是啊！这么亮、这么好的月色，可惜许大哥看不到了。还有我哥，也看不到了。还有我娘，还有金先生，他们都看不到了。"唤河说着，禁不住悲从中来，眼角涌出了泪水。他不知道的是，他的老师罗继良先生早在前年春天就被日本子给杀害了，他的红姐萧红也在今年年初病死在了被日本子占领的香港，而他的老毛子同志老哈回到苏联、在《大愤怒》出版后不久就参军上了前线，后也不幸牺牲。

"许大哥他们，昨天都下葬了。一百多位烈士，都……都葬在了一起。师长说，等将来把鬼子赶出中国，要给他们……立个碑。"听河这几天为了唤河哭得太多，不想再哭了，可说起这些泪珠儿还是止不住地掉了下来。

"立个碑好，可不能忘了他们。那，他们葬在哪儿了？"

"听说离这里不远，就在长城上的穆陵关旁边。"听河俯身过来，伸手朝窗外东南方向指了指，说："你看到那座雄关了吗？那就是穆陵关。"

唤河坐直了身子，顺着听河指的方向望去，月色下果然看到远处山顶上有一座气势雄伟的城楼："咦，还真是长城啊！长城咋跑到咱们这儿了？不是在北平、山海关那边吗？"

"哎呀我的哥，这是齐长城啊！你肯定没好好看我们演的话剧《孟姜女》，剧里提到过的，孟姜女哭长城，哭倒的就是这齐长城。北平、山海关那边的，是秦长城。"

　　一轮半圆形的下弦月，高高地挂在穆陵关上，照着蜿蜒起伏的齐长城。唤河不由得想起了那个长城雪夜，想起了啸河。天知道像他这样的男孩，要走过多少世间的坎坷，要经受多少思念的折磨，才能长成一个顶天立地的战士。

　　"想起啸河哥了吧？我也想他了。"听河两手托腮，望着窗外的月亮说，"还有许大哥。他们为什么要和日本子拼命？还不是为了解放，为了让我们过上不受人欺负的好日子！"

　　"没错！解放，我觉得快了，就像外面的这天色一样，就快亮了。日本子就快完蛋了！到时候咱们无论是在这里，还是回沈阳、回哈尔滨、回呼兰，都能扬眉吐气地过日子了！"唤河的眼睛亮闪闪的。

　　"是的，真希望那一天早点儿到来。"听河的眼睛也亮闪闪的。

　　是的，胜利的脚步近了，炮火已肆虐不了多久了。唤河和听河就要迎来岁月静好、灯火可亲了。

　　就让那天上的秋月和山顶的长城，来为这一切作证吧。

在呼兰河的怒波里

——《秋月高高照长城》创作谈

流光如箭。人也似箭，出生就好比箭离弦。很多年前的一个呼啸之冬，我这支离弦的小箭，幸运地落在了大雪覆盖的呼兰河畔。

离开呼兰河十多年后，我在课本上读到了萧红的散文《火烧云》。但那时我并没有什么特别的感触，直到三十几岁开始投入写作后，再度进入萧红的文学世界，才恍悟东北风度及萧红与呼兰河及我之关系。这种关系仿若带有一种宿命感，注定我会写出这部《秋月高高照长城》。

这是我的第四部长篇小说，写的是抗战时期的烽火少年。就这种题旨，前辈作家们已写出了不少佳作。我从未想过要超越他们，但确曾想过能不能写得不太一样。小说是一门艺术，很难说谁高谁低，但或许可以说谁谁很特别。为了让这部小说特别起来，这次我已倾尽心中所有。

2015 年春天，我写过这样几句话："尽管写作《布伦迪巴》是出于机缘巧合，但我仍然为此感到惭愧：身为一名中国儿童文学写作者，在阐释大屠杀给儿童带来的戕害之时，理应首先将目光聚焦于中国抗日战争和南京大屠杀。今年肯定是来不及了，精力也实在是不允许，或许等到纪念抗日战争胜利 80 周年的时候，我会写一本关于抗战少年的小说，来补上这一遗憾。"在许下这十年之约时，我压根就没有想到会写东北。

然而，这部小说的东北因子，其实早在写《布伦迪巴》之前的 2014 年夏天就结下了。彼时我第一次有机会重返呼兰，激动难抑之下，发了一个巨长的朋友圈："7：30到达呼兰河桥头。先奔下河堤去，捧起水来感受大河的体温……复攀到岸上看水，只觉呼兰河仍是萧红笔下那样的苍茫、浑浊，仿佛永远流淌着苦难与伤痛，正感叹间，就见一枝芦苇自上游缓缓地顺流而下，它奇怪地保持着直立的姿势，支棱的尾梢露出水面，像招魂的幡。……呼兰之于我有特别的意义——这里是我的出生地，我离开那个温暖的小村子三十多年了，从未回去过。"

这里提到的"那个温暖的小村子"，名叫朝阳堡。后来到我2017年调入大学任教，开始有心且有闲为这部小说打腹稿时，它就确定无疑地成了啸河、唤河兄弟的家乡。然而这个以东北少年为主角的腹稿打得并不顺利，我甚至一度失去了信心。与此同时，另一个关于海岛少年的成长故事却悄然成熟了。它最终变成了长篇小说《野云船》。我在青岛生活了二十多年，这首先是一部向青岛、向大海致谢兼致敬的作品。但除此之外，似乎鲜有人注意到书中另有怀抱，比如为什么会穿插明代抗倭名将沈有容的传奇。其实我是有意在这里开了一扇门，想要让海上抗倭名将的声声战鼓由此激荡，以为后世继起的东北抗日少年一壮声威。

《野云船》于2019年初出版后，啸河兄弟便成了我的心心念念。又断断续续地构思了三年，到2022年3月，我觉得胸有成竹了，才开始动笔。当年10月，初稿写出大半后，我接到鲁迅文学院的入学通知，成了其第42届中青年作家高研班的一员。接下来的两个月里，除了聆听文坛名家的讲座，就是与老师、同学们讨论交流，啸河兄弟只好暂且退藏于密。但记得几乎每次围炉夜谈，我都会自觉不自觉地提及萧红，有好几位同学就是被我鼓动得开始阅读萧红、爱上萧红的。而我也就着鲁院宿舍的孤灯窄床，把多年的旧相识《生死场》又重读了一遍。

"乱坟岗子上活人为死人掘着坑子了……坟场是死的城廓，没有花香，没有虫鸣，即使有花，即使有虫，那都是唱奏着别离歌，陪伴着说不尽的死者永久的寂寞。"从天才的萧红身上，我蓦然发现粗粝也是一种美，而我所勾勒、涂抹的一切似乎过于诗意了。这令我悚然，进而沮丧——诗意是我的文学世界的基石，这回却要让渡于铁血了。应该说，这是我从事写作以来遇到的最大挑战。

告别鲁院后，我决心暂且挥别诗意，转而把自己浸到呼兰河的怒波里。功夫不负有心人，经过一番挣扎，我笔下终于如愿有了狞厉。

2023年2月，全稿写成了。投入了这么多，初稿按说应该是不错的。然而，我通读过后却发现这初稿竟然那么糟糕！这真令人痛苦，可我知道没别的办法，唯有好好修改，细细打磨……

小说中的狮心少年，从生我的呼兰河畔走来，经哈尔滨、沈阳、北京、青岛，一路走到了我的祖籍地沂蒙山。啸河、唤河、听河兄妹仨，和河神罗先生、大娄子卢三顺等人物，都是我虚构的；而大名鼎鼎的萧红、萧军、金剑啸，和没什么名气的东北青年许文彬、苏联记者哈马丹，却都是实有其人。

书中还写到，啸河兄弟的老家在临沂的夏蔚镇。这里曾是中共中央山东分局的驻地。我到这里采风时，亲眼看到了日寇用我同胞的腿骨制成的一个人骨烟斗。那之后我去踏访了齐长城穆陵关、仙姑顶战斗遗址，还去长春参观了东北沦陷史陈列馆。那些令我的心魂震颤的一个个瞬间，都已融入呼兰河的怒波，变成了小说中无声的呐喊。

闻弦歌而知雅意，但愿读者朋友们在掩卷之时都会心同此理：承平日久的中国人还是要时时警惕外侮，切不可忘记那十四年的血色抗战岁月！

最后，对书名的来历做个交代："琵琶起舞换新声，总是关山旧别情。撩乱边愁听不尽，高高秋月照长城。"这是唐代大诗人王昌龄的《从军行》。长城内外的静美，是将士们的牺牲换来的。愿你我都既能坐享这人间静美，也能在必要时奋袂而起，加入那无畏将士的行列。

2024年5月20日

图书在版编目（CIP）数据

秋月高高照长城 / 刘耀辉著 . -- 青岛 : 青岛出版
社 , 2024. 12. -- ISBN 978-7-5736-2778-0

Ⅰ . I247.5

中国国家版本馆 CIP 数据核字第 20249JG280 号

QIUYUE GAOGAO ZHAO CHANGCHENG

书　　名	秋月高高照长城
著　　者	刘耀辉
出版发行	青岛出版社
社　　址	青岛市崂山区海尔路 182 号（266061）
本社网址	http://www.qdpub.com
邮购电话	0532-68068091
策划编辑	梁　唯
责任编辑	梁　唯　王龙华　王世锋
特约编辑	黄　靖
图书绘图	丰　元
装帧设计	青岛乐唐视觉设计工作室
照　　排	青岛乐喜力科技发展有限公司
印　　刷	青岛乐喜力科技发展有限公司
出版日期	2024年12月第1版　2024年12月第1次印刷
开　　本	32开（890mm×1240mm）
印　　张	8.5
字　　数	160千
书　　号	ISBN 978-7-5736-2778-0
定　　价	35.00元

编校印装质量、盗版监督服务电话：4006532017　0532-68068050
建议陈列类别：儿童文学